一本桜の会文芸誌～花風～

純文学　ミステリー　大衆文学

目次

4

5

1　伊佐　魁人（いさ　かいと）

6

『大須の通りで』

伊佐　魁人

名古屋の栄に遊びに来ていた。初夏の涼しい風が吹く午前。地下鉄の駅を出ると、大津通りから矢場町の方に真っ直ぐ下っていく。途中で大通庭園に寄った後、右に外れて大須の方に入っていった。

商店街の辺りは相変わらず多くの人たちで賑わっている。大須観音の前まで来ると、通りを往きかう人の姿を眺めた。やんちゃな少年や着物姿の女性たち、観光に来ている外国人まで、実に様々な人たちがいる。建物にしてもそうだった。老舗の呉服屋に韓国風のバー、寺院の向かいにパチンコ店など、とにかく雑多である。

仕事が休みになると、よくこの場所に遊びに来ていた。三月に大学を卒業し、仕事のために愛知まで来た。ある人材派遣会社のシステムエンジニアとして働いている。本当は地元に近い東京の会社を希望したが、なかなか就職が決まらなかったのだ。勤め先が決まって初めての一人暮らしだった。最初の三週間くらいは楽しく暮らしていたが、一月もすると生活にも慣れてきたからか、淋しくなってきた。普段は仕事が忙しくて考える暇もなかったが、休日に独りでいるとその思いが強くなった。

都会の人混みの中で淋しさを紛らわせている。そしてここ、名古屋の栄は目的を満たすのにちょうど良かった。同じように一人でせかせかと歩く人の姿もあれば、連れ合って騒がしく歩く人の姿も見える。道端に立ち止まって、通りを行きかう人たちを眺めていた。それでも期待する自分の気持を余所に、人々はそれぞれの間で路を通り過ぎていく。

散策に疲れてくると、一軒の喫茶店に入った。正午はまだ先だったが、席は客で埋まっていた。少しして奥のテーブル席が空いたので、自分はそこに通された。椅子に座ると、すぐに店の中を見まわした。仲間うちで集まる学生たちや大きな声で話す主婦たち。いつもと変わらない風景だった。運ばれてきた珈琲をちびちびと飲みながら、ただそれらをじっと見つめていた。

「すみません、テーブルを一つ貸していただけませんか？」

しばらくして女性の店員から声をかけられた。「ええ」と自分が頷くと、店員は中年の男と十歳くらいの男の子を連れてくる。父子らしかった。四人掛けのテーブルが切り離されると、その間にわずかな隙間ができた。「すみません、すみません」男はそう言うと、おずおずと自分の隣りの席に腰をかけた。男の子は黙ったまま、その向かいの席に着く。

彼らのテーブルに注文表がないことに気がつくと、男の子はこちらにまわってこっそりとメニューを持っていった。少々驚きはしたが、可愛らしい子どもだった。天使の輪のある綺麗に揃えた前髪が、黒目がちな大きな二重にかかっている。

「お父、何にする？」

男の子は目をキラキラさせて言った。

「拓、勝手に取らないの。お兄さんに謝っておいで」

男は悲しそうに言った。

「ごめんなさい」

男の子は独り言のように言った。不安の入り混じった目だった。「良いんだよ」と自分が微笑して返しても、男の子は目を伏せてそっぽ向いてしまう。

しばらくして、珈琲とオレンジジュースが運ばれてきた。男の子は両手でグラスを持って美味しそうに飲み始める。男はまだ湯気の昇るカップをぼんやりと見つめていた。

「お父、外の景色が見たいよ。ねえ、ブラインドを開けましょう。ねえ」

男の子がそう言うと男はこちらを見た。

男と目が合った。髪の細い頬の痩せた男だった。けれども男の子と同じ二重の大きな目が若くも見えて、何となく不釣り合いな印象を受ける。自分が返事をする間もなく男はブラインドを開けた。正午の穏やかな陽がさっと射してくる。男の子は身体の向きをくるりと変えると嬉しそうに外を眺め出した。自分も珈琲を飲みながら、通りを歩く人の姿をぼんやりと追っていく。

仲の良い父子だなと思った。自分が遠くに来たのは、父との折り合いがつかなかったこともある。実際に勤め始めると、仕事についていくのに必死だった。分からないことをさせられた挙句、理不尽な目に遭うことも度々ある。そのようなことを考えると、急に故郷の町が恋しくなった。

やがて男は睡ってしまった。疲れているのか、上向きに口を半分ほど開けている。男の子はまだ楽しそうに外を見ながら、足をぱたぱたさせていた。

しばらくして、二人のテーブルの隣に十二、三歳くらいの少年たちがやってきた。席に着くと四人はやけに楽しそうに騒ぎ始める。それを横目に、男の子は改まったように身体を戻した。一人の少年が男の口元から垂れているヨダレを見て笑った。するとほかの友達も同じようにひそひそと指を差して笑う。男の子はやり辛そうに、伏し目がちに俯くばかりだった。

床の掃除をする店員が近づいたとき、男は目を覚ました。寝ぼけ眼をぱちくりさせている間に店員は突き当たりまで床拭きを終えた。店員がこちらに振り返った折に、後ろのポケットから黄色いナプキンが落ちる。男はすぐに拾いに行くと、受付の奥に消えていく店員を追っていった。少しして、男は嬉しそうにニコニコしながらテーブルに戻ってきた。

男の子は小さな斜め掛けの鞄からゲーム機を取り出し、男は仕事の契約書を机に置いて書き始めた。隣の少年たちは自分たちの頼んだものをさらえると店を出た。

「お父、母さんはいつこっちに来られるかな」

男の子はゲーム機の画面を見つめたまま言った。

「きっともうすぐだ」

男は珈琲に口をつけてから言った。

　男の子はそのままグラスを取ろうとしたが、指先で滑らして落としてしまった。ガラスが割れて、床に中のジュースが飛び散った。周囲の人たちが一斉にこちらを見る。男は椅子から立ち上がると、机の隅にあったおしぼりで床を拭き出した。自分も紙のナプキンを一掴みして手伝いに入る。男の子が散らばるガラスの破片に手を伸ばそうとした。「危ないよ」と自分が言うと、男の子は少しこちらを見たが、やはり手を止めようとはしない。「駄目！」と男が大きな声をあげると、男の子は申し訳なさそうにおずおずと手を引っ込めた。

　間もなく店員がやってきて後始末をしていった。そして代わりのオレンジジュースを置いていく。けれども男の子はグラスに口をつけようとはしない。

「お父」と男の子は足をもじもじさせながら言う。「トイレ行きたい」

「行っておいで」と男は店の奥を指差した。

男の子は小走りにそちらに向かって行った。少しして男はまたこちらを見て、「どうもすみません」と控えめに言った。

「先ほどから親切にして頂きありがとうございます」

「いいえ」

自分は穏やかに微笑して言った。

「息子がどうも人見知りするもので、お許しください」

初めて男から声をかけられたとき、自分はいくらか戸惑いを感じた。慣れない土地に来て寂しさを感じていたにも関わらず、無意識に相手と距離を取った。それが今では不思議と、相手と話してみたいと思った。

「この辺りに住まわれているのですか」

自分は何気なく訊ねた。

「いえ、出身は北海道です。今度の仕事で川崎から四日市に行きます」と男は言った。「あなたは?」

「関東です。四月から仕事のために愛知まで来ました」

「地元を離れるのはお辛いでしょう」

男は哀れっぽい眼差しを向けた。

　そこで男の子が帰ってきて、自然と会話は途切れた。男の子は戻ってくるなり鞄をがさごそ探って、便箋を取り出した。男の子が手紙を書いている間、男は組んだ両手を机に乗せて、微睡むようにぼんやりとしていた。

「お父も何か書いてよ」と男の子は便箋を逆さにして手紙と鉛筆を差し出した。「母さんもきっと喜ぶから」

　男は前屈みになって手紙を書き始める。自分は残りの珈琲に口をつけながら、それを横目でちらちら見ていた。手紙には、北海道にいる母を労わる文章と二人の近況が書き連ねてある。

この家族の母は安定のない旅の気苦労から、途中で病に臥したか、もしくは愛想を尽かしたのではないだろうかと考えた。男が手紙を返すと、男の子はそれを丁寧に折りたたんで封筒に入れた。宛名の住所は北海道札幌市だった。

先ほどから見ている限り、自分はこの男を好ましく思った。今に至る短い時間の中でさえ、相手の正直な心から、男のこれまでを想像することができる。もしそれが正しいとすれば、いつかこの男の子も父から離れていくときが来るのではないだろうか。今の男の子は父のすべてを信じている。だがもう少し時間が経てば、この人の好さが不器用にしか映らなくなるのではないか。

「お父、四日市にはいつ着けばいいの?」

「十六時。そのときに向こうの人と待ち合わせ」

しばらくして二人は席を立った。男は伝票を取るとこちらを見て、「色々ありがとうございました」と言った。

「お気をつけて」と自分はやはり微笑して返した。

二人は店を出ると、すぐに表の雑踏の中に消えていった。結局、自分は二人のことをほとんど何も知らないままだった。しばらく外を見ていると、途中で二十代らしい会社員らしき男と目が合ったが、無意識に目を背けてしまう。やがて自分も店を出て通りを歩いていった。普段と変わらない休日の午後である。

了

14

『ある技師』

伊佐　魁人

立花順平は技師になってもうすぐ三十年になる。高校を卒業してからずっと工場に勤めていた。初めは地元の北九州で、そこが潰れると少しの間青梅に行き、今は四日市にいる。拠点は違うがずっと同じ会社で、仕事一筋に生きていた。

工場ではフラッシュメモリをつくっている。素材となるシリコンに、酸化や露光など様々な処理をかけて製品にしていく。現場には巨大な装置がずらりと並び、その保守をするのが主な仕事である。装置は一日中稼働していて止まることがない。作業員は昼夜二交代で仕事に当たっていた。

順平はこの仕事を誇りに思っていた。工場にしてもそれなりに名の知れた会社である。十二時間に及ぶ労働は苦ではなかったし、一人で黙々と装置に向き合うことも性に合っていた。勤め始めた頃は深夜の仕事がきつかったこともある。だが何年かするうちに、そのようなことは何も感じなくなった。

今では誰より早く仕事がこなせるのを内心自慢にしていた。もともと頑固な性質で、一度決めたことは徹底的にやらねば気が済まなかったのである。気がつくと、周りで一番仕事に詳しくなっていた。生来の我の強さから上長とぶつかったことも度々あった。だが今では、彼に口出しできる者はほとんどいない。

最近は、三月ほど前に入ってきた新人の教育係をしている。鈴木という春に高校を出たばかりの若僧で、地元の名古屋を離れて近くの寮に住んでいた。髪を金に染めて、同じような恰好をした同期の仲間と遊び歩いてばかりいる。

その日は朝から装置のメンテナンスをしていた。処理する炉から排気配管にかけてパーツを交換する作業で、近くには事前に準備した石英や工具などの台車が並んでいる。鈴木はまだ一度もしたことのない作業だったから、順平がまず手本を見せて要点を伝えた。しかし代わってみても、配管を外すのに上手く手を動かすことが出来ない。

「見てなかったのか」順平はぶつけるように言った。

鈴木は意地になって配管を外そうとするが、より手つきが覚束なくなる。ほとんど力ずくになったところで、彼は作業を中断させた。

「接地面を傷つけるぞ」順平は前に出て配管を蛇腹の方に押し込むと、すっと外してみせた。そしてもう一度説明するが、相手は相づちさえ打たない。

切りの良いところまで続けると、鈴木を連れて休憩に出た。建屋の廊下を歩きながら、順平は筋張った太い肩をぐるぐると回した。最近は肩が思うように上がらない。今まで身体を悪くしたことはなかったが、その日は朝から痛くて苛々していた。

朝の九時を過ぎたところだった。平日のこの時間は業者が次々と入ってくる。以前は会社にも余裕があった。だが今は余所の会社に頼っていて、外部から人が多く出入りしている。彼は向かいから来る人を左に右に避けながら、長い廊下を真っ直ぐに歩いていった。

喫煙所に入る。奥の空いている所に行くと、作業着の胸ポケットから煙草を取り出して火を点けた。緩やかに煙を吐きながら部屋の中を見まわすうちに、いつの間にか知らない顔ばかりになったものだと彼は思った。昔は年の近い仲間たちと切磋琢磨して仕事に当たっていたものである。それが辞職などして段々といなくなった。

煙草を二本だけ喫うと順平は現場へと戻っていった。装置の所まで来たが、鈴木はまだ戻っていない。しばらくして彼は一人で配管を外し始めた。

弁体を外そうとして腕を上げたとき、肩に鋭い痛みが走った。けれども痛いのを我慢して無理に腕を伸ばそうとする。順平は長く仕事をするうちに、何事も上手くいかなければ気が済まなくなっていた。奥の方で抜いた配線が引っ掛かる感触がしたが、目がぼやけてはっきりと見えない。防塵着が汗っぽい皮膚にへばりついて気持ち悪かった。しばらく手こずっているうちに、また段々と苛々してくる。

途中で電話が鳴り、順平は荒々しくそれを手に取った。武田という若手のメンテナンス担当からで、作業中の装置でロボットが動かなくなったので見に来てほしいというのである。普段から一緒に呑みに行っている誼好で、彼はすぐにその場所まで向かった。

「いろいろ試してみたんですが駄目なんです」と相手は言った。

彼は今までの経験から、関係する駆動系を素早く確認していった。武田はそれを後ろから見つめていたが、彼が割って入られるのを嫌うことは知っていたので、何も話しかけない。物に異常がないことが分かると、完全にマニュアルに切り替えて動作させる。「これでまた動くぞ」順平は独り言のように言った。

しばらくして元の装置まで戻ってきたとき、先ほどそのままにしていた弁体が台車の上に置かれていた。どうも順平がいない間に勝手に外したらしく、鈴木は彼に気づかずその先の配管に手を伸ばしている。彼の顔は険しくなった。

「教えなくても出来るんだな」順平は低い声で言った。相手はちょっと驚いた様子だったが、「先に進めておいた方が良いと思って」と真顔で返した。

順平は怒鳴り散らしたい気がしたが、何も言わずに配管を外しにかかった。鈴木は黙ったまま それを後ろから見つめている。昼前には全て分解し終えた。

ちょうど良い時間だったので早めの昼食に出る。廊下でしばらく待っていたが、相手は中々来なかった。

一人で食堂に行くと奥のテーブル席に腰を下ろした。周りを見まわしても同じ担当の仲間はまだ誰も来ていない。そこでようやく追いついてきた鈴木の姿が目に留まり、順平は窓際に置いてあるテレビを見ながらガツガツと昼食をかき込んだ。席を立って出口の方に向かうとき、奥の方で同期の仲間たちと昼食を食べている相手が見えた。どうやら座の中心にいるらしく、やけに楽しそうに笑い声を上げている。

廊下を歩いて喫煙所に入ると奥の所で煙草に火を点けた。そして煙を吐きながら午後の仕事のことを考える。ようやく休憩に出てきた人たちで部屋の中が騒がしかったが、話し声はほとんど耳に入らない。しばらくして仲間たちもやってきた。同じ机で仕事の話をしているうちに、一人が鈴木のことを褒めたのである。すると武田も首肯くので、

「別に大したことないぜ」と順平が言うと、

「あれは出世するかもしれないですよ」と皆が言う。

彼にはそれが分からなかった。話を聞くと、鈴木が休みの日に周りを巻き込んで遊びに出かけるとか、仕事のときも自分で考えて動くとか、その程度のことなのである。順平が見る限り作業は雑で、装置にもまるで興味を持っていなかった。それで彼は納得のいかない妙な気持ちのまま、先に現場へと戻っていった。

午後は手を出さないと決めていた。それでも鈴木が中々戻って来ないのでじっとしていられなくなったところで、ようやく向こうから歩いてくる相手の姿が見えた。作業を後ろから見ているうちに彼はそわそわし出した。とにかく周囲への注意が欠けている。重要な確認を忘れそうになる。それに見かねて順平はまた口を出し始めた。組み込んだものを確認すると、ヒーターの配線は入り乱れていて、配管の蛇腹が微かに曲がっている。彼はそれが異様に気に入らなかっ

た。

順平はまた配管を外し、自分で組み直した。だが配管を分解したところで担当のチーフから電話が鳴り、他の装置で作業を終えた業者の立ち会いをして欲しいと言う。人手が足りず、対応を依頼されたのだった。

彼は工具をそのままに、今度は鈴木も連れていった。装置の所まで向かうと普段から親しくしている業者が待っていたが、簡単な挨拶を済ませたところで、また電話が鳴った。どうも作業中の装置で圧力系のエラーが発生して先に進めなくなったらしい。順平は業者に断ってから鈴木に報告を受けさせることにして、その場所まで向かう。

彼が見てみると幸い軽度なもので、別に物が壊れているわけではなかった。センサーの調整だけ済ませてすぐに戻ってきたとき、業者と気楽そうに話している鈴木の姿が見えた。それに気がつくと、また先ほどの妙な感じが込み上げてきた。彼が今業者と親しく出来ているのも、長い年月をかけて自分が小さな信頼を積み重ねてきたからであるように思われたからである。

時間はだいぶ過ぎていた。順平は足早に元の装置の所に戻ると、すぐに作業の再開した。実際のところ、彼の手にかかれば配管を組み込むのにそれほど時間はかからない。だがこの時は妙に焦っていて、後ろから見ている鈴木すら異様に煩わしく感じられた。それで彼は適当な理由を付けて相手を他の所に行かせた。

しばらくして組み直した真っ直ぐな配管や整然とまとめられた配線を見ると、順平は恍惚とした気分になることが出来た。けれども次の仕事のために通路を歩いているとき、他の装置で武田や鈴木など数人が集まって騒がしく作業をしているのが見えて、胸に何か冷めたものを感じた。

二年ほど過ぎたとき、仕事を覚えた鈴木は率先して仕事に当たっていた。装置で異常が起きるとすぐに駆けつけ、故障箇所を特定するとパーツを交換して直した。今では段取りの悪さで装置の立ち上げが遅れると腹を立て、現場の関係者から煙たがられている。順平はその姿を見て段々何も言わなくなった。だが鈴木にしてみれば、彼が近くにいるときだと物が言い辛かった。

順平は相変わらず新人の教育係をしている。派遣社員たちを従えてメンテナンスに当たり、作業に目を尖らせた。そして新人たちが取り付けた配管を見ると不機嫌になり、自分でまた真っ直ぐに組み直した。彼は作業中に若手から助けて欲しいと連絡が来ると、希に鈴木に任せるようになった。それで仕事に忙しい鈴木は、今では順平のことを目の上の瘤だと思っている。

了

『三〇二号室の女』

伊佐　魁人

　トラックで坂道を上った先にあるマンションに向かっていた。慎太郎は中の荷物を背中に感じて走りながら、道沿いの家に覗く花水木を見た。ついこの間まで花が白く咲いていたのに、今は青い枝葉が風に震えている。坂の向こうから夕闇が迫ってきた。

　以前、仕事でこの坂を上ることは気が重かった。マンションにはエレベーターがなく、荷物の量によっては階段を何度も往復することになる。他の配達を考えるとこのルートの方が効率的ではあるものの、坂を上ることは骨の折れる仕事の前触れのような気がした。けれども、今日は気分が軽やかだった。

　駐車場にトラックを駐めると荷物を担いで三〇二号室に向かう。チャイムを鳴らしてすぐに玄関が開いた。

「いつもありがとうございます」と三十くらいの女が言った。

　自然な柔らかい笑顔だった。薄い顔に昼間の化粧が残っていたが、ゆったりとした家着である。彼は受領のサインを待ちながら何か話しかけてくれないかと期待したが、相手はただ「ご苦労様でした」と言った。だが彼はそれだけである満足を感じた。

慎太郎は運輸会社に勤めてもうすぐ五年になるが、普段は職場とアパートの往復だった。仕事の疲れから、休みの日はほとんど外に出ず、昔の友人とも縁が切れてしまっている。淡々とした生活だったが、稀に配達先で声をかけてくる人たちがいると、彼は他愛のない話をしながら、いくらか満たされる思いを感じることが出来た。殊にそれが女性だとより強く感じることを彼は自覚していた。慎太郎は今年三十五の独身だった。

初めて荷物を届けたときから妙に女のことが気になった。年柄にもなく相手の柔らかい物腰を考えたりして気持ちが温かくもなった。彼のこうした気持ちは日々に忙殺されるうちに段々と薄れていったが、再び配達に向かったとき、仕事のことで短い話をした。

そこで彼は、相手も独り身であることを知ったのである。

後になって、およそ一月の周期で女の所に配達に向かうことを把握した。それで相手が化粧品か何か買っていることを想像することが出来た。彼は自分が不埒であると思ったが、そんな話が気軽に出来る同僚もいなかった。

気が付くと、前に勤めていた会社で上司から聞いた言葉を思い返していた。男は話をするだけ女のことを好きになる。いや、会釈をされるだけで相手のことを好きになる。それどころか目を合わせるだけでも好きになる。……上司から聞いた当時、彼はそのようなこととは無縁だと思っていた。

あるとき、近くの営業所が何カ所か集まって飲み会があった。色々な話が出る中で、彼は席に座ったまま黙ってそれを聞いていた。

後輩の若い男が、前に人手が足りずに担当エリア外をまわっていたら、新しい人に思われてやたら親切にされたと言う。

別の一人が、前に配達に向かっていたとき、普段から懇意にしている届け先で夕飯に誘われたという話をした。

またある上司から、新しく人が入ってもすぐに辞めてしまうが、それは仕方がないとして、とにかく人を増やすべきだという話も出た。

彼と同じ年くらいの男が、すでに潰れていた段ボールを渡されて配達に向かった際、荷物の確認でぶつぶつと文句を言われたと愚痴をこぼした。

彼は何ともなさそうに話を聞きながら、胸に重たいものを感じた。今も女の所に配達に向かっていたが、荷物の受け渡しで事務的な会話をする他に、話らしい話は中々起きなかった。最近は変わらない状況をどうにか出来ないか考えていたのである。ついこの間こんなことがあった。初夏の蒸し暑い中で汗を流しながら荷物を運ぶと、部屋の中から女がキャミソールの姿で出て来た。別にきちんとした恰好で出て来ない例などいくらでもあった。けれども直前まで外の熱気の中にいた彼は、いくらか面喰らった思いがした。そして女を無防備に思うと同時に、相手のはっきりした輪郭に危険を感じたのである。とにかく、この出来事は彼の心に残った。

彼はどうしたら良いのか分からなかった。それでまた女の所に配達に向かいながら、飲み会での男の話を思い出していたのである。確かに男の言う通り、段ボールが潰れていれば中を確認してもらうことは不自然ではない。それは決まった荷物の受け渡しに変化をもたらすと同時に、女について何か知ることが出来るかもしれなかった。けれどもそれを実行に移すのは、自分に合わないことのようで気が引けるのだった。

彼は自分がどこかで転倒すれば良いとさえ思った。だが妙な焦りを感じて三〇二号室に向かう途中で、階段を踏み外して本当に荷物を放り出してしまったのである。彼は冷やっとしたが、幸い荷物は柵に当たって落下せずに済んだ。急いで拾うと、体勢を崩した拍子に手すりにぶつけたせいか、荷物の上の方が変にへこんでいた。

別に故意(わざ)とやったわけではなかった。事実を見れば、ただ階段を踏み外しただけのことである。しかしそうとも言えなかった。何しろ不純な考えから気が急いていたために、今の事態を引き起こしたのだから。それで彼は自分が故意とやったのか故意とではないのか分からなくなった。

潰れた段ボールを見せると、女は「大丈夫ですか?」と心配そうな顔で言った。だが彼が元気に身体を動かしてみせると、躊躇いもなくその場で荷物を開けて、「荷物は大丈夫ですよ」と物を見せてきた。やはり買っていたのは化粧品だった。

気遣われたところから話は互いの仕事のことに移り、やがて個人的なものに変わっていった。そこで相手が中小企業の事務をしていること、出身が同じ北陸の方であること、また当時付き合っていた恋人に従いて上京したものの、その後に別れてしまい、今は何となくこの場所に残っていることを知った。女は話しながらいつもと同じ柔らかい微笑を浮かべている。だが彼はなぜか好意からくる情感が何も湧いてこなかった。受領のサインを受け取ると、相手は「気を付けて帰って下さいね」と言った。彼は部屋を後にすると、急いで次の配達にまわっていった。

それ以来、彼のこうした気持ちは段々と醒めていった。マンションに向かうのに上る坂道も、何となく億劫なものに感じられた。彼は自分の中に起きた浮ついた心の動きを考えながら、なぜ女に向けられたのか分からなくなった。トラックを運転しながら窓の外を見ると、通り道に見える花水木が紅くなっているのに気がついた。

しかし慎太郎はしばらくして、今度は別の女のことが気になり始めた。年末のある寒い日に風邪を引いてドラッグストアに寄り、棚に並んだ薬を眺めていたとき、横から声をかけられたのである。艶っぽい髪を後ろに結んだ三十過ぎくらいの女だった。相手はこちらが辛そうにしているに構わず、楽しそうにあれこれ話して薬を紹介してくる。アパートに戻ってベッドに横になっていると、妙にその女のことが頭に浮かんできた。そしてまた気持ちが温かくなった。彼はどうにか相手と話す手立てはないかと考え、しばらく風邪は治らなくて良いとさえ思った。

了

2

今和　立（いまわ　りつ）

28

『書架の森の殺人』

今和　立

1

雨。

仕事場で寝過ごしてしまい、気付くと深夜一時になろうとしていた。腹は減っていたが、妻には電話で「晩ご飯はいらない」と断った。あとで冷蔵庫にあるものを摘まめば事足りると思ったからだ。ましてや妻は身重。あまり心配をかけたくなかった。

一週間前に梅雨入りが発表されてから、本当に誰かがスイッチを切り替えたかのように雨ばかり降っていた。今日は久々に太陽が拝めると期待したが、午後には元通りの雨となっていた。

仕事場から家までは大通りを挟んで十五分ほどの道のりだ。水溜まりに足を取られないように気を付けながら歩く。ちょうど、大通りに差し掛かったときだった。

「時生さん」

　雨音の中に、俺を呼ぶ声が聞こえた。見ると妻が傘とビニール袋を手に立っていた。

「どうしてここに?」

「どうしてって、帰ってくるのが遅いからよ。はい、ご飯」

妻はビニール袋を差し出す。袋の中を見ると、弁当箱だった。

「ほら、お父さんが帰ってきましたよ～」

妻がお腹を摩りながら言った。妻のその言葉はとても優しく、弾んでいるように感じた。それから時生たちは一つの傘で信号が変わるのを待った。

「寒くないか？」

「ううん。大丈夫」そう言いながらも、妻が着ているのは薄手のカーディガン一枚だった。時生は羽織っていたジャケットを脱ぐと、そっと妻の肩に掛けた。妻は「ふふっ」と小さく笑いながら、時生の掛けたジャケットに手を通した。

信号が青に変わった。歩き出した、その時だ。

遠くの方から幾つものエンジン音とパトカーのサイレン音が聞こえてきた。

徐々に、こちらへと向かってくる。

時生たちは横断歩道の真ん中に立ちすくんでしまった。

前を、後ろを、暴走バイクが過ぎ去っていく矢継ぎ早に。

と、一台のバイクが俺たちにぶつかり大きく転んだ。しかし、そのバイクは時生たちを救護することなく立ち去った。ドライバーは闇の彼方へと走り去っていった。

「真知子！」

時生は起き上がると、妻のもとへと駆け寄った。妻の頭からはおびただしい量の血が流れ出ていた。転がっているコンクリート片に頭を打ち付けたのだ。

「真知子！　真知子！　真知子！」

「と、きお、さん」

「大丈夫か、いま救急車を呼ぶからな。しっかりしろ」

真知子は時生の目を見ると、小さく首をふった。そして――目を閉じると――体中の力を抜いたかのようにぐったりとした。

2

夏。

耳を刺激する蝉の大合唱が響いているが、二重サッシの窓からは微かにしか聞こえない。この断熱効果のある窓のおかげで、図書室内はエアコンが効き快適な環境となっている。

現在は夏休み。今日は夏季開室日で、朝から図書委員が働いている。

私立姫屋高等学校。創立一三〇周年を迎えたこの学校は、一二〇〇人の超える生徒が通うマンモス校である。そんな学校の図書室だけあって規模も大きい。医学書から文芸書まで、一万冊を超える蔵書を誇っている。

青子は司書室で先生と共にパソコンに向かっていた。いまでは当たり前のバーコードによる蔵書管理。普通は購入時に業者がデータを作成してくれるのだが、古書や貸し出しの少ない図書の登録をこれまで行っていなかったことが四月に明らかになった。図書委員長になってそのことを知った青子は、初谷先生に直談判し、夏休み返上で登録作業を行うことを申し出た。

青子はチラッと壁の時計を見た。

あと十分で昼休みだ。頑張らないと。

そう心で思うと同時に、図書室を見渡した。

姫屋高校の図書室は二重構造になっている。膨大な書架や学習机などがある図書室と、青子がいまいる司書室である。

いま、図書室には配架作業をしている猛と、受付をしている後輩の玲奈がいた。

二人とどこかでお弁当を食べようかなぁ。

そう思っていると、青子は視線を感じた。先生がパソコン越しに青子をじっと見ていた。

「青子さん、お昼はみんなで食べてきていいよ。受付は僕がしているから」

「あ、はい。ありがとうございます」

見透かされていたことに、自分がどんな顔をしていたのか想像してしまう。

十二時になった。夏休み中であるが、昼を知らせるチャイムはそのまま時を告げた。

「玲奈、猛、お弁当を食べに行かない？」

「行きます、行きます。どこで食べます？」

「いいよ、どこに行く？」

　二人の質問が一致した。

「屋上でどう？」

　二人は少し悩んだが、青子の提案に頷いた。

「それでは先生、私たち屋上でお弁当食べてくるので、その間よろしくお願いします」

「いってらしゃい」

3

　屋上に着くと、直射日光を避けるように三人は日陰に隠れた。

「あっついね」

　夏特有の蒸し暑さが、首筋にねっとりと絡んでくる。

「今日は確か三十三℃だったと思います」そう、玲奈は教えてくれた。

「えっ！　本当に？」

「知らなかったのかよ。よくそれで、昼飯の場所を屋上って決めたな」猛が呆れたように言う。

「知っていたら言ってよ。そういう情報はいつでも受付ているんだから」

　場所決めの言い争いは不毛だとわかっていたのでそこで止め、三人は屋上を取り囲むフェンスを支えるブロックに一列になって座った。

「今日のおかずは何かなー？」やはり弁当には楽しみがないとつまらない。

「私のお弁当にハンバーグが入ってました」玲奈がキラキラと目を輝かせた。

「俺はハンバーガーと焼きそばパン。まあ、買い食い」猛がコンビニの袋からパンを二つ取り出すとともに紙パックの牛乳も取り出した。

「キャ！　ブロッコリーが入ってる……ガビーン」ブロッコリーは私の天敵である。

それから、各々他愛もない話をした。

「青子先輩、よくあの膨大な本の登録作業をしてますね。もう、脱帽です」

　玲奈が感嘆と敬意の意を示した。

　毎日コツコツと行っているのだが、未だバーコード未登録の書籍は九百冊を超えていた。

「だってそうでしょ。この情報社会において非現実的な状況が目の前にあるのよ。将来、司書を目指している私にとって、あるまじき状況よ。だから一冊でも多くの本をデータ化して管理できるようにするのは、私の指名よ。分かる？　猛！」

　青子の語気が荒くなる。猛が頷く。

「同志として気持ちは分かるよ。でも、体調を崩したらデータ化できるものもできなくなるからな、気をつけろよ」

「はいはい、気を付けますよー」

　そう言いながら、青子は口をすぼめた。弁当には、もうブロッコリーしか残っていなかった。

「青子先輩も猛先輩も司書を目指しているんですね。すごい！」

　図書のスペシャリスト、それが司書である。本の貸し出しや配架だけでなく、調査研究のため利用者に最も適した資料を選択し、探し出すのも重要な役割である。

「私のことばかり聞いてないで、玲奈はどうなの？　希望する進学先とかあるの？」

　玲奈が、クスリと、笑った。

「青子先輩、なんだかお母さんみたいですよ。私は、いまフェルトアートにはまっているので、復職系の大学か、専門学校に行きたいと思っているんですよ」

「フェルトアートかぁ。いいじゃない。趣味って強みじゃない。アピールになるよ」

「そうだね。いいと思う」

「ありがとうございます」

　私は立ち上がる。「ただし、まずは痩せなさい。健康第一！　お腹がむくんでるわよ」

「はう」と玲奈は呻くと慌ててお腹を隠した。セミロングの髪がふわりと揺れる。

「すみません、いま夜中のケーキにはまってしまって。痩せますから」

　青子と猛はため息をついた。

　猛は時計を見た。十二時五十四分を示している。「そろそろ昼休み終わりだ。戻るぞ」

4

図書室に戻ると「ギャハハハ！」という大声が轟いた。見ると、窓側に設置されたソファに二人の男子が腰かけていた。彼らは図書室だというのに大声で会話し、足を机に投げ出しながらスポーツ雑誌を読んでいた。途中「古谷さん」と名前を呼ばれた金髪の生徒については青子も知っていた。

古谷は、端的に言うと悪ガキだ。暴力、窃盗、恐喝は日常茶飯事。また、最近では危険な社会的グループとのつながりもあるのではないかと噂されていた。

「おいおい、吉田。ふざけるなよな、ギャハハ」

どうやらもう一人は「吉田」というらしい。吉田は古谷と比べると地味だが、こちらもやんちゃそうな雰囲気を醸し出していた。まだ、黒髪なだけましである。

青子は彼らを無視した。マナーはどうであれ、利用者であることに変わりはない。

受付カウンターには、先生と交代した玲奈が座っていた。と、青子は玲奈の顔が青白いことに気付いた。

「玲奈、大丈夫？　顔、青いよ」

「ええ。ちょっと肌寒くて。こんなこともあってカーディガンと手袋と予備のマスクを持ってきていたので」そう言い、玲奈は薄手のカーディガンを羽織った。多少それで様子を見ることになった。

安心した青子は、体調が悪いのが続くようであれば伝えるようにと声をかけてから司書室に入った。

青子は身の前の猛が運んできて積み重ねた本の山を見た。溜息しかつけない。これらは図鑑や図録などで、三冊も積めば向かいの初谷先生が見えなくなるような本ばかりだった。これを一度に何十冊も書架から出し入れしなければならないのであるから、猛のような男では重宝する。

本の向かい、さらにパソコンの向かいにいる初谷先生が、不意に声をかけてきた。

「ごめんね、青子さん。こんな作業に付き合わせちゃって」

突然のことで戸惑った。だが、青子は口元に笑みを浮かべた。

「図書委員長として当然のことですよ。それに、この登録作業が私の将来へのスキルアップにつながっているので、大丈夫です」

「それならよかった」先生の声が和らいだ。「いままで登録作業を進んでやる人はいなかったから。残りの夏休みも来るんでしょ？」

青子は頷く。

「はい。もちろんです」

　そう答えると、先生は手を止め、視線を青子に向けた。

「それじゃ、最後の日にちょっとしたお疲れ様会をしようじゃないか」

「え？　いいんですか？」

　初谷先生は、にこやかに微笑む。

「いいとも。みんなの頑張りに」

「やった！　ありがとうございます」

　と、その時、図書室内に大きな笑い声が響いた。どうやら例の二人がまだいるようだ。

「やれやれ」と言うと、先生は二人に静かにするように伝えに行った。図書室である以上、『利用者』である彼らに出ていけとは言えない。これが最善の対応なのだ。

5

時計を見ると十五時になりかけていた。

疲れてきたのか、時々タイピングを止め、あくびをする回数が増えてきた。作業スピードが落ち、一休みしようか迷った。頭が揺さぶられる不思議な感覚にも襲われていた。

青子は周囲を見た。

先生は昼寝だろうか。先生は昼食後にたまに『休憩』という名の昼寝を摂っていることがある。

いまの状態も、いつもと変わりがなかった。ただ異なるのは、椅子が壊れるんじゃないかと思われるほど、背もたれに全体重をかけていることだった。

玲奈も昼寝だろうか。スー、スーと、呼吸に合わせて背中が上下していた。

猛は配架作業中の本を大いに散らかして倒れていた。

青子は猛の状態を見て、初めて異常な状況であると気付いた。立とうとしたが、足に力が入らない。その場に倒れ込みながらも、這いつくばって猛のところまで行く。

静かだった。どうやら古谷も吉田も意識を失っているようだ。

猛が呼吸をしているのを確認した。そのことに安心し、そして、青子も意識を反転させた。

6

「おい、おい、青子。しっかりしろ、青子」

猛の声で青子の目は開いた。

「良かった、死んだかと思った」

窓が開けられており、蝉の鳴き声がつんざくように聞こえる。

「そんな訳ないでしょ……でも、一体どうなっているの？　頭が痛いわ」

青子は痛む頭を右手で押さえながら、猛に尋ねた。

猛は図書室の数カ所を指さした。そこら中に液体の入ったペットボトルが置かれていた。そのペットボトルは上部が切り取られていた。

「おそらくアルカリ性の液体だろう。そこに酸性の何かを混ぜてガスを発生させたんだ。それで、今、窓を解放して換気を行いながら、先生が液体の処理をしているんだ」

青子は混乱した。何故そのようなものが？　誰が？　何のために？　どうして図書室で？

「エアコンの気流に乗って、あっという間に図書室内に広がったんだ」

言われて気が付いたが、エアコンが止められていた。窓から温度の異なる風が吹き込んでくる。

その傍らで、口をハンカチで押さえた初谷先生がペットボトルを慎重にベランダに運んでいた。

「猛、状況は？　被害って出ているの？」

猛は一度周囲を見回した。

「特にけがはないようだ。意識をなくしただけ」

「玲奈は大丈夫？　なんだかぐったりしているけど」

「頭痛を訴えているけれど、だいぶ良くなったようだ」

「他には？　けが意外にはあるんでしょ？」

自分でもいじらしいと思った。

「誰一人、この図書室から出られなくなった」

「どういうこと？」

　青子は図書室の出入口の扉の前に立った。

「何よ、これ」

　図書室のドア、その上部に南京錠がぶら下がっていた。この状況で一番騒いだのは、誰であろう吉田であった。

「何だよこれ！　早く開けろよ！」

帰せるのであれば早く帰したい。青子はそう思ったのだが、誰も南京錠の鍵を持っていなかった。鍵がなければ、錠は開かない。

「あー、そうだ。電話。電話で助けを呼びましょう」猛が提案した。

「そのことなだけど……」初谷先生だ。どうやらペットボトルをすべてベランダに移動させたようだ。うっすらと額に汗を滲ませていた。

「こっちへ」そう言い、初谷先生はそこにいたメンバを司書室へと招いた。図書室外部への電話連絡は、主に司書室にある固定電話を用いている。しかし、そこで見せられたのは、真っ二つに切られた電話線だった。一瞬、そこに集められた者たちの思考が停止したのが手に取るように分かった。

「固定電話が、使えない……じゃあ、携帯電話、スマホ！」

　しかし、初谷先生は首を振る。そして、ポケットから旧型のガラケーを取り出した。そのガラケーには大きな穴が穿たれていた。

「嘘、だろ？」

　吉田はそう言ってポケットからスマホを取り出した。が、その状態を見て、再び凍り付いた。彼のスマホの画面には約三センチのどの穴が穿たれていたからである。しかし、吉田は、唖然としながらも、歯を食いしばり、起動することのないスマホの画面を「この、この、この！」と連打し、変化があることを望んだ。

　その光景を目の当たりにして、青子たちも各々スマホを取り出した。が、それは吉田のスマホと同じ状態であった。

　これは、つまり、外部に助けを呼べなくなった、という事実を示していた。

7

「あの、青子先輩、ちょっといいですか？」玲奈は、少し困ったかのような顔をしていた。

「ん？　何？」ドアをこじ開けようと躍起になっている吉田を一瞥し、青子は玲奈に向き直った。

「実は、カウンターにこんなものが置かれていたんです」そう言うと、玲奈は名詞サイズの折り畳まれた紙を差し出した。

　青子は受け取り、開く。

≪鍵を見つけたければこの本を探しなさい。932+　英米文学概論　書架の森の住人≫

「書架の森の住人?」書かれた一文を読み、青子は眉を顰めた。そして、その得体のしれない人物はまたたく間に広がった。

　一人一人、顔を見る。しかし、それは徒労だった。錠が内側なのだから鍵は内側、そして、犯人も内輪にいる六人のはずなのである。だが、それを知ってか知らずか、皆の表情は、驚きはするものの、いたって普通であった。

「鍵は?　鍵はどこや?」

　吉田がまだ叫び続ける。

「急がなくても、探しますよ。玲奈」青子が落ち着いて玲奈の方を見た。「受付パソコンで『英米文学概論』がここの図書として登録されているか確認してちょうだい」

　玲奈は頷くとパソコンの前に座り、軽やかにキーボードを叩いた。

「青子先輩。『英米文学概論』は二冊登録されています。どちらも貸し出しはされていません。一冊は司書室で保管されています」

「分かったわ。ありがとう」そう言うと青子は初谷先生に向き直った。「先生、司書室にある『英米文学概論』をチェックしてもらってもいいですか?　書棚には鍵がかかっていますが、万が一のこともありますから」

先生は黙って頷く。

「さて、猛、『英米文学概論』を探すわよ」

「朝飯前だ」

そう言い、二人は書架へと向かった。

8

「配架されていたのは、これです」そう、猛は言い、一冊の本を差し出した。表紙には『英米文学概論』と金字で描かれていた。

司書室にある『英米文学概論』にはおかしなところはなかったと先生は言っていたから、コリラの本に何かしらあると推測された。

表紙を捲る。それはあった。それは、またもやメッセージカードであった。

≪２８０＋　伝記を探せ　書架の森の住人≫

みんな虚を突かれた顔をした。鍵の場所ではなく別の本を指定してきたからだ。

「何なのよ、もう！」

「いいから探すぞ、次の本」猛がなだめから言う。

「はいはい。分かりましたよ」青子が口を尖らせながら言う。

そのときだった。

「古谷さん！」叫び声が響いた。吉田の声だ。

「古谷さん、起きてください」

見ると、古谷がソファでぐったりとしていた。彼の胸にはナイフが刺さっており、柄だけが見える状態だった。その状態から、明らかに死んでいるのが分かった。それでも、先生が吉田を押しのけ、古谷の心配蘇生を試みた。しかし、その二十分後、額に汗を滲ませた先生は手を止めた。古谷の死が現実のものとなったのだ。

現実が受け止められないのか、吉田は呆然と椅子に座っていた。まあ、こちらの作業に口出しされるよりはマシであるので、このままにしているのだが。

古谷の死をどうにかして外部に伝えなければならないのだが、内線も携帯電話も使えない。そして鍵を開けなければ誰も出入りができない。この状況を打破するためには≪書架の森の住人≫の暗号を解いていくしかない。

先ほどと同じく玲奈がパソコンで『伝記』で検索をかける。すると「青子先輩……」と玲奈が呼んだ。

「なに？　どうしたの？」と青子が答える。

「伝記だけで百件以上あって、これ以上は絞り込めそうにありません」

「分かったわ。ありがとう。猛、行くわよ」

「がってん」

伝記の本は、キャスターカーで十台分になった。なので、猛は黙々と運ぶ係、青子は黙々とチェックする係と、自然と別れた。

それから数分後、「見つけた！」と青子が叫んだ。みんなの前に見せる。

≪３０２ーを探せ　書架の森の住人≫

「書名が、ない……？」青子は呟いた。

「先輩、他にも違うところがあります。『＋』が『ー』となっている点である。なぜ異なるのか。暗号のヒントなのであろうか？

３０２番は政治、経済、社会学などが納められているはず。ただ、このメッセージはそこではないと思われた。

≪書架の森の住人≫からのこれまでの三枚の紙をじっと見比べる。しばらく見つめたあと、青子は声を上げた。

「分かった！　これ、足し算と引き算だ」

猛、玲奈、先生がカードを見比べる。確かに、そう見えなくもない。青子は続ける。

「つまり、９３２＋、２８０＋、３０２ーになる。答えは……」

「９１０です」玲奈がカウンター備え付けてある電卓を取り出し、素早く計算した。

９１０番には『日本の文学』があてられており、蔵書数が最も多い。

青子はガクッと項垂れた。

「これは骨が折れるぞ。なんせ、番号以外ノーヒントなんだから」猛が言う。

「分かっているわ。気を張っていくわよ」青子が言う。

そして、二人は書架へと向かった。

9

青子は背伸びをした。その隣には調べた本の山がうず高く作られている。

小さく深呼吸して、肺の中の空気を入れ替えた。みんなが一心に取り組んでいる中で、一人だけ音を上げては示しがつかない。いまが頑張りどきだと言い聞かせ、右側に置かれていた『広い世界』という本を手に取った。表紙やページに不審な物が挟まっていないか、細目にチェックし、左側の本の山に重ねていく。

次に『運命』という本を手に取った。

「ん？」

青子は本を手に取った瞬間、その重さに違和感を抱いた。本としての見た目よりも微かに思い。長年本を手にしてきた故の経験値がそこにはあった。

恐る恐る表紙を捲る。

「あった！」青子の声が図書室に響いた。

皆の視線が青子の手元、そこに輝く鍵へと注がれた。

青子は慎重に、特に本を傷つけないように、鍵を取り外す。そして、鍵を取り外すとすぐさまドアへと向かった。ドアの上部には、未だ重々しい南京錠がぶら下がっている。猛が持ってきた踏み台に乗り、南京錠に鍵を差し込む。

捻る。

カチッ。

鍵穴の奥で小さく音がし、南京錠がスルッと外れた。錠を猛に渡すと、青子はドアを勢いよく開けた。瞬間的に、校舎内の蒸し暑い空気が流れ込んできた。

「どけ！」

それまで魂の抜け殻だったような吉田が青子を押しのけると「うあああああ」と叫び声を上げながら走っていった。

10.

図書室での出来事はすぐに広まった。

初谷先生が校長に報告し、警察と救急隊が呼ばれた。その前に養護教諭が駆けつけたが、初谷先生と同じ対応をするだけで、そのあと来た救急隊員も古谷の死を克明にするだけだった。

警察が来ると、図書室の隣にある進路指導室で事情を訊かれた。そこには、吉田の姿もあった。校門近くまで逃げていたのを連れ戻されたらしい。

事情聴取をした警察の質問は一辺倒である。「古谷が死んだとき、どこにいたか」である。指紋の採取も行われた。また、それと同時並行で図書室と司書室の捜索も行われた。だが、たった五、六人では何時間かかるか心配になる。

時刻は二十時になろうとしていたが、未だに帰らせてもらえなかった。

「ねえ、猛」青子は隣に座る猛に囁いた。

「ん？　なんだ？」猛もつられて小声になる。

「この事件、なんか裏がある。考察しない」

「了解。玲奈ちゃんは誘わないのか？」

「うん。何か体調悪そうだからね」

それから、周囲の刑事たちに気付かれないよう窓側の席に移動する。

「それで、どこから振り返る？」

「あの二人、吉田と古谷が来たところからにしない？」

「確か、あの二人が来たのは昼休みで、すぐガス事件が起きたんだよな」

青子は頷く。

「そうよ。死ぬかもしれなかったけどね。でも、ガスが図書室に充満するまでには、しばらく時間がかかったはずよ」

「でもよ、青子。あのときみんな意識をなくしていたって自分で言っていたじゃないか」

「うん。でも、私が言ったのは「みんな意識をなくしているようだった」ってことだけ。実は意識をなくしていたように見せかけていた人物がいたのよ」

青子は猛の前に一本指を立てた、より一層小さな声で言った。

「怪しい人物はいるわ。だけど確証はないの。ここは警察の捜査を見守るしかないわ」

そのときだった。

「指紋が出ました」鑑識と思しきマスクをした男性が、捜査を指揮している瀬川という刑事に報告した。

「たったいま、鑑識から報告がありました」この場にいるみんなが、ごくりと唾を呑んだ。

「鍵を貼り付けていたセロハンテープから青子さんの指紋と、もう一人の指紋」瀬川刑事はその人物の前へと歩み寄る。「初谷先生、あなたですよ」

周囲がざわめくのを感じた。

「おそらく手袋をしていてはやりづらかったんでしょう。テープの糊面に指紋が残っていました。言い逃れできませんよ。すべて白状してはどうですか」

そのときだ。「おまえが、古谷さんを殺したんだな！」そう叫び吉田が初谷先生に掴みかかった。慌てて周囲の刑事や警察官が止めに入る。

「僕は殺していない！　僕は図書室に鍵をかけ、ガスと暗号を仕掛け、携帯電話を壊しただけだ」

「被害者の胸に刺さっていたナイフにも、あなたの指紋があったようですが？」

「それも僕のだ。いつか、この手で古谷を殺すために用意していたものだ」

　その言葉に、いつもの穏やかさはなかった。

「先生、なぜそんなことを？」青子が質問した。

「僕には妻がいた。僕のことを慕ってくれるいい妻だった。そのころ妻は身ごもり、歓喜に沸いていた時期だった。しかし、ある晩、僕を迎えに来た妻にバイクが衝突したんだ。妻は大量に出血して、僕は何度も妻の名を呼んだ。それから一時間ほどして妻と子どもの死を伝えられたのは。僕は呆然とするしかなかった。そして、そのときだった。僕の手に現場で拾った生徒手帳が握られていることに気付いたのは」

「それが古谷くんだったんですね」青子が問うと、初谷先生は頷いた。

「まさか、この学校に入学するとは思ってもみなかったけどね。でもね、刑事さん。僕は彼を殺してはいません」

「どういうことですか？」瀬川刑事が困惑の表情を浮かべる。

「確かに、最初は殺そうと呼び出した。そしてナイフを彼に構えたよ。でも、どうしてもできなかった。まるで妻が僕を止めているかのようで」

「つまり、殺そうとはしたが、殺してはいない、ということですね」

「そうです」

瀬川刑事は「うーむ」と唸った。

「では、一連の『書架の森の住人』であることは認めるわけですね」

「ええ。認めます」

「分かりました。初谷先生、事情はどうあれ指紋が出ましたので、あなたを重要参考人として連行します」

　先生は「はい」と承諾した。

11.

先生が連行されていくと、警察から持ち物が返却された。

青子は、壊れたスマートフォン、弁当箱、筆箱、ノート、本二冊。

猛は、壊れたスマートフォン、筆箱、クリアファイル、図書室の本一冊。

玲奈は、壊れたスマートフォン、弁当箱、筆箱、裁縫箱、マスク、手袋。

吉田は、壊れたスマートフォン、筆箱、チューインガム、雑誌数冊、サングラス。

　机に並べられたそれらの持ち物を見て、青子の頭の中で歯車が嚙み合った。

もしかして！

そう思うと、生徒指導室を抜け出して、図書室へと向かった。古谷の死体はすでに運び出されており、ミステリドラマで見るように、死体のあったところに、白いテープでマーキングがされていた。

青子はそのマーキングに近づく。『C』と札が置かれているところに、黒い繊維のようなものがあった。

「何しているんだ、青子？」振り向くと猛と玲奈がいた。

「ちょっと確かめたいことがあってね。それよりも、もう帰っていいの？」

「ああ、帰っていいって。でも、数日間は警察から連絡がいくからヨロシクだって」

時刻は二十二時になっていた。

「分かった。でも、二人とも、もうちょっと私に付きあってちょうだい。これから真相を披露しましょう」

12.

それから青子は、警察署に連行される初谷先生を呼び戻した。瀬川刑事は至極不機嫌な表情を見せている。

「青子さん、真相とは何ですか？　この初谷先生が犯人なのではないですか？」

青子は頷く。「確かに初谷先生は古谷くんを殺そうとしました。でもそれだけです。先生は殺してはいません。別の真犯人がいるんです」

すると、周囲の視線が吉田に向いた。吉田はそれらの視線に怯んだ。

「残念ですが、吉田くんは犯人ではありません。吉田くんには古谷くんを殺す動機がない」

「じゃあ、誰なんですか？」瀬川刑事が青子に問いかけた。

青子が真犯人を指さそうとしたとき、真犯人は駆け出した。刑事たちの間を縫って図書室から飛び出した。

「待て！」瀬川刑事の叫び声が響く。

13.

雨。

すぐさま豪雨に変わり、昼とは様子が一変してしまっている。コンクリートの色は、まるで汚泥のようである。

真犯人はフェンスの向こうに立っていた。あと数センチ、いや、数ミリ動けば落ちてしまうだろう。

「危ない！　こっちに来るんだ」瀬川刑事は説得しようとするが、真犯人は応じない。

「……！」

真犯人の言った言葉は豪雨によりほとんど聞き取れなかった。しかし、青子にはわかった。真犯人はスッと、まるで鳥が羽ばたくよりも静かに屋上から消えた。慌てて瀬川刑事が駆け寄ると、校舎下のコンクリートに四肢を放り投げた人物：玲奈がいた。

真犯人は玲奈だった。

一部始終を見送ったあと、一行は図書室に戻った。全員が戻るのを待って、青子は語り始める。

「玲奈は知っていたのです。先生がナイフを用意していることを。そして、古谷くんを電話で呼び出したことを。おそらく変成器か何かを使ったのではないですか？」

先生は静かに頷いた。

「それらの行動から、玲奈は先生が古谷くんを殺そうとしていることに気付いたのです。そして、先生を利用しての殺人計画を作り、実行したのです」

すると、一人の刑事が手を挙げた。「どうやってガスの充満したこの図書室で動くことができたのですか？」

青子は一度頷いた。それから目の前に指を二本立てた。「ヒントは二重構造でした」

どういうことだ？　そう、誰かが言ったが、猛が「そうか」と受け入れた。

「そう、玲奈は意識を失っていなかっった。失っているように見せかけていたんです。そして、それには、これを使いました」青子は玲奈の持っていたカバンから取り出した。

「マスク?……二枚?」

青子の手には二枚のマスクが掴まれていた。

「そうです。ガスが充満するとき、マスクを二重にしてかけていたのです。こうすることでマスク内の空気の層が二重にできて、ガスを吸うのを遅らせることができたのです。ゴムは髪で隠れるし、ガスを吸って気を失ったふりをして前かがみになれば、まず、マスクを二枚付けていることはバレなかったと思います。気付かれましたか、初谷先生?」

初谷先生は急に呼ばれ躰をびくりと震わせたが、首をフルフルと振った。まるで気付かなかったとの意思表示である。

青子は周囲を見回した。

「玲奈は、ナイフをもつ初谷先生を見て『殺せ』と思ったでしょう。ですが殺人は行われず、先生も司書室の椅子に座れると意識を失いました。その頃合いに合わせて、先生が回収したナイフを取り出し、古谷くんの胸に押し当てたのです。間違いは許されません。心臓に一突きです」

そこまで言って数人の刑事が「あんな子が」と、言ったように聞き取れた。だが、青子は思う。「女なら男に殺意を持たないのか?」「殺したくて、殺したくて、殺したくて……」その思いは男も女も関係ない。そう、青子は思った。

「しかし、ここで玲奈に通ってラッキーなことが起こりました。それは、熊谷先生がセッティングした『暗号』です。

『暗号』

　確かに暗号のことを忘れていた。あれは何だったのか。

「初谷先生、あれは何を目的に行ったのですか?」瀬川が訊くが初谷先生は、眉をピクリとも動かさない。

　青子は続ける。「初谷先生にとって、南京錠の暗号は『時間稼ぎ』だったのです」先生の眉が、ピクリと動く。「始めにガス中毒がありました。ここで時間稼ぎして中毒死またはガス中毒にすると、回復するまで時間がかかるでしょう。その上、中毒症状がある中で切り付けられたら、生存率はグッと低くなるということが、考えられる。

　青子は言う。「しかし、玲奈にも不測の事態が起こりました」

「不測の事態?」瀬川刑事が訊いてきた。

「そう。刺した瞬間に、古谷くんの血が飛んでしまったのです。ほんのわずかな量だったのですが、その血痕が見つかれば死活問題です」

「なあ、青子。玲奈ちゃんに血の後なんてなかったぞ。ブラウスだって真っ白だったし」猛は疑問を呈した。しかし、青子はその質問を予期していたかのように答える。

「ねえ、猛。ガス事件が起きる前と後では、違うことが一つだけあるんだけど、それが何か、分かる?」

猛はしばらく考えたが、ふと、気付いた。

「カーディガン……」

青子は微笑む。「そう、玲奈はカーディガンを着ていたのよ。ガス事件のあとに着ていなかったのは、窓を開けて室内の温度が急上昇したから脱いだのだと思ったけど、本当は古谷くんの血がついてしまい、着るに着られなくなったからだったのよ。その証拠に、警察からの持ち物返却の際に、カーディガンはなかった」

「その、カーディガンは、いま、どこにあるのでしょう？」今度は女性の刑事が質問した。

「おそらく、持ち物にあった裁縫箱の裁ち鋏を使ってバラバラに切り刻んだのでしょう。カーディガンはそれほど厚手ではありませんから、難なくできたと思います。その証拠に『C』の札の所に何か布を切った繊維が残っています。カーディガン自体は、トイレで流したのでしょう」

「おい、待て」一呼吸置いた青子に吉田が詰め寄った。「あの女が古谷さんを殺したのは分かった。でも、何でだ？　何で殺したんだ？」

青子はその理由を言おうとした。しかし、そのとき、不意に先ほどの屋上での玲奈の叫びが耳に響いた。

『許さなかったのよ！』

青子だけに聞こえた怒りと憎しみの声。玲奈は変わっていたのだ。青子の知らないところで。

それでも、飛び降りる瞬間に見た彼女の横顔は、どこか寂しそうだった。

　ごめんね、玲奈。あなたの秘密、ばらしちゃう。

「猛、最近になって玲奈変わったよね」

　猛は「え？」と言いながらも、「そうだな。髪をバッサリと切ったし、ちょっとお腹周りも気にしてたかな？『太った』とは言っていたけど」

　青子はワンテンポ遅れて頷いた。「髪を切ったのも、今日マスクを着けていた理由も、自分の存在に気付かれないため。けれども、問題は『太った』方よ」

　猛は「うーん」と考えていたが、ふと気づくように「もしかして、妊娠？」と、頭をよぎった一言を口にした。

「ええ。おそらく玲奈は妊娠している」

「まさか」と言いながら瀬川刑事はスマートフォンを取り出すと、どこかへと電話をかけた。おそらく病院であろう。端的に訊いたようで、すぐに通話を切って、こちらに振り向いた。

「確かに、誰の子かは分かりませんが、玲奈さんは妊娠しています」

　周囲がざわついた。

「誰の子かは、吉田くんが知っています」

　突然指名を受け、吉田はたじろいだ。吉田は「知らねーし」と繰り返したが、マスクをしていない髪を切る前の玲奈の写真を見せられるとことに窮していた。

吉田は別室に数人の刑事に取り囲まれながら連れていかれた。

瀬川刑事のスマートフォンが鳴った。通話中の彼の表情は暗かった。

「玲奈さんの死亡を確認しました。お腹の子も助からなかったそうです」

「うあああああああああ……」耳をつんざくような叫び声だった。声の主は初谷先生だった。自分の妻、そして子にあった悲劇とシンクロしたのだろう。床に頭を擦り付けるかのように、泣いている。

だが、青子にはその叫び声は届かなかった。

玲奈が死んだ？

14.

夏。

あれから二週間がたった。蝉の鳴き声は相変わらずだったが、青子の周囲ではいろいろなことが変わっていた。

初谷先生は誰にも言わず、学校を退職した。そして、当然のことだが登録作業のお疲れ様会もなくなった。

玲奈は被疑者死亡のまま、書類送検された。葬儀は一週間前に、ひっそりと行われた。

高校生の起こした殺人劇に、マスコミの取材はヒートアップした。連日にわたり校門前には記者が張り込み、出しゃばりな生徒が取材を受けている。

吉田ははじめ口を閉ざしていたが、警察署に連行されると打って変わって口を開いた。吉田と古谷は兄貴分と共に女子高生をひっかけていたという。しかし、思うようにいかず、行き当たりばったり連れ込んだのが玲奈だった。玲奈はされるがままだったという。

不幸だったわね。

玲奈は屈辱に負けなかった。腹の子が育つとともに復讐に心を膨らませていった。

「今どうしているかな?」

「玲奈ちゃんのこと?」猛が言う。

青子は涙をぬぐった。そして笑顔を作った。

「そうよ。でも、もう泣くのを辞めようと思う。もう十分に泣いた。だから笑うの」

猛が頷く。「それでいい。笑うんだよ」

今は夏だが、青空には秋の風が吹くようになった。ときおり、トンボも飛び始めた。

ふと、青子は思い出したように「猛、あと登録していない本は何冊くらい?」と尋ねた。

「うーんと、そうだね、七百冊はあるかな」

「分かった。やるわよ、登録作業」

「了解。青子」

青子と猛は書架の森へと向かった。

了

3

北林　紗季（きたばやし　さき）

『オタクとヲタク』

北林　紗季

『ねえ、聞いて！』

　時刻は午後九時を回ったところだった。「今電話かけていい？」と友人の香奈子からメッセージが来たのが、たった六〇秒ほど前のことである。

　風呂上がりでドライヤーをかけている最中だった優は、香奈子からの連絡でその手を止めた。まだ乾ききってはいなかったが、ショートカットの髪は放っておいても夏場ならすぐに乾いてしまうのだ。

「いいよ」と返信すれば待っていたように既読がついて、すぐさま通話の画面が表示される。そして、友人の高い声が優の鼓膜を貫いたのが今だ。

「……どうしたの？」

　一瞬の間をおいたのは、慌ててスマホの音量を下げてから返事をしたからである。香奈子の声はいつも大きく、通話の音量を間違えれば優の鼓膜が破れかねない。

　スマホ越しにぐすぐすと鼻水をすする音が聞こえて、彼女が泣いていることがわかった。いつもうるさいほどに明るい香奈子が泣くほどの出来事とは、いったい何だろうか。病気が見つかった？　それとも失恋をしたとか？　そんな考えを巡らせて、優は早くも結論を見つけた。

「ああ、あれか。さっきニュースで見たよ」

『そう！　推しが、流星くんが、結婚しちゃったの！』

顔を見ていなくてもわかる泣き止むことのなさそうな気配に、優は苦笑いをした。

香奈子の言う推しとは、今をときめくアイドルユニット「Starry Light」通称「スタライ」の不動のセンター、狭間流星のことである。彼女はスタライの大ファンで、歌番組に出ようものなら録画して永久保存し、ライブがあろうならチケット争奪に参戦するためバイトも休む。いわゆる重度のアイドルオタクだ。

どれほど彼女が推しに入れ込んでいるかというと、推しのメンカラ（メンバーカラーの略で、一人ずつ色が割り当てられているのだといつか香奈子から教えてもらった）が赤だからと、髪に赤いメッシュを入れているほどだ。パーソナルカラー的に赤は似合わないのに、と文句を言いながら、自分に似合う赤ベースのメイクも研究している。

どうしてそこまでするのかといつか聞いたところ、彼女いわく「流星の女だって主張したいじゃん？」ということだ。世間でいう「ガチ恋」勢ではないかと疑ったが、それは否定された。ちょっと愛が重いだけのファン、というのが香奈子の言い分である。

しかし優には、その情熱が理解しがたい。自分を見てもくれない相手のために、どうしてそこまでできるのだろう。

「相手は一般女性だっけ？」

『なんでよりによって一般人なのかな。それじゃあ私でもよかったじゃん、って考えちゃうよ』

　せめて綺麗でスタイルも抜群な芸能人なら、自分では敵わないと諦めがつくのに、などとぶつくさ呟く香奈子であるが、推しが下手なアイドルとでも結婚しようものなら文句を垂れるだろう。他のメンバーと比べてかわいくないだとか、歌やダンスが下手だとか。色々な理由をつけて推しにふさわしくないと貶すだろうことは想像に容易い。

『あんなにファンが一番って言ってくれてたのに、すんなり結婚しちゃうんだもんなあ。だってまだ二十七歳だよ。早くない！？』

「まあ全盛期に結婚するのはどうかと思うけど。アイドルも人間だからねえ」

『それはもちろんわかってるけど……』

　爆発した感情がようやく鎮火したのか、香奈子の声が少しずつ落ち着きを取り戻してきたように感じる。ずっと応援してきた推しが見ず知らずの女性と結婚した報せを突然受けて、混乱していただけなのだ。

　何枚目かわからないティッシュで鼻をかむ香奈子に、優は諭すように話しかける。

「香奈子、いつもＣＤとか複数枚買ってるよね。もっと応援したいからって」

『うん。だって少しでもお金落として、流星くんの懐に入ってほしいんだもん。推しの幸せが私の幸せだから』

「じゃあ結婚が流星くんの幸せなら、ファンとして祝福してあげないとね」

　うう、とうなるような声がした後、やがて深いため息が聞こえた。ファンだけのものでなくなることへの悲しみや結婚相手への嫉妬と、純粋な応援の気持ちとのせめぎあいにようやく決着がついたようだった。

『そうだね。ファンなんだから、いつでも推しを応援してあげなくちゃ』

「そうそう！　ちゃんと推しのことを考えられて偉いね」

『まだめちゃくちゃ複雑だけど！　……あーあ。優の推しはいいよね。脱退も解散も結婚もしないんだもん。うらやましい』

　そういえば、香奈子が以前好きだったグループの推しは方向性の違いで脱退し、そのせいでグループは解散にまで追い込まれたのだった。あのときの泣きっぷりといったら、まるで世界の終わりという風であった。結婚するより辛かったのかもしれない。

　一方の優はといえば、香奈子の言うように推しが脱退したり結婚したり、グループが解散したりすることを心配する必要はない。アイドルではないから。

　だが、それはそれで悩みは尽きないものである。そもそも優と推しの間には、越えられない次元の壁があるのだから。

『もう無理死ぬ』

珍しく優の方から電話したいと言ってきたかと思えば、開口一番本当に死にそうな声がスマホから聞こえてきた。香奈子が泣きながら電話をしたちょうど一週間後の土曜日である。チェーン店のカフェでのアルバイトを終え帰ってきた香奈子は、憔悴しきった幼なじみに「何かあったの?」と投げかけた。新作フラペチーノの発売日で店が大混雑したため非常に疲れているが、自分の泣き言を聞いてもらった手前断るわけにもいかない。

『推しが死んだ』

またか、と言いそうになるのをぐっとこらえて、香奈子は優の次の言葉を待った。

彼女は、世間一般で言うヲタクである。アニメや漫画、ゲームにいたるまで幅広く手を出す優の推しは、好きな作品の数だけ存在した。日々大学で顔を合わせるたびに今好きなジャンルの話をされるので、彼女が今言っている推しがどれなのか皆目見当もつかない。

「今回はどの推しなの?」

『《リュネール戦記》の玲くん!　今旬のジャンルだから、香奈子もわかるよね?』

アニメなどその手のものにはくわしくない香奈子でもたしかにわかるタイトルは、最近巷で人気のアニメのものだった。少年誌で連載中のバトル漫画でアニメ化もされ、たしか今度は舞台にもなるという噂である。

『たしかにこれまでも何人かキャラが死んできたけどさあ！　まさか主要キャラまで死ぬと思わないじゃん。準主人公だよ！？』

香奈子はさほどアニメに興味はないが、弟がリビングでアニメを見ているとき一緒に見たことがあった。優の推しらしい玲というキャラクターは、真っすぐで熱い主人公の横で常に冷静沈着かつクールでいる男である。

紺色の髪やライトブルーの瞳も相まって、イメージカラーは青。だからか、優の私物には青色のものが多かった。ペンやスマホのケースはもちろん、かき氷はブルーハワイしか食べない徹底ぶりである。せめて赤ならかわいくておいしいスイーツもたくさんあるだろうに、青の食べ物となればインスタ映えどころか食欲が失せそうだと香奈子は思う。

「こないだ弟の録画してたアニメ見たけど、優の推し元気だったじゃん」

『アニメじゃなくて漫画！　本誌の方！』

本誌というのは、書店でよく見かける単行本ではなく週刊誌の方であるといつか彼女から力説されたことがあった。コミックが出るまで待てないから、毎週買って読んでいるらしい。

『この作家のことは前作から好きだったんだけど、毎回キャラを殺しすぎなんだよね。キャラをどうこうできるのは作者の特権なのは認める。けどここまでくるとそういう性癖なんじゃないかと疑うわ』

普段あまり口数の多くない優のマシンガントークが落ち着いてきたのは、きっと喋りすぎて疲れたからだろう。いつも香奈子の話を聞いてくれる割合が圧倒的に多い優が一方的に話すほど、推しの死は衝撃的な出来事だったに違いない。

優の推しはいいよね、と先週言ったことを少し後悔した。香奈子の推しは結婚しても変わらずアイドルを続けてくれるが、優の推しは死んだら終わりである。推しにもう会えないことを想像しただけで、胸が張り裂けそうだ。

「……前にもさ、優の推しが死んだことあったよね」

『残念だけど、私の好きな作家はよくキャラを殺すんだよ』

「そのとき優が言ったこと、覚えてる？」

一年ほど前だっただろうか。そのときも好きなキャラが死んで泣き腫らしたとかで、それはひどい顔で午前中の講義を受けていたことを覚えている。

「すごく落ち込んでたけどさ、次の週には元気になってたよね。推しが死んででも守ったものがあるから、って。玲くんはどうだったの？」

『……強い敵との戦いでもうだめだって思ったときに、主人公を助けて死んだ。でも、そのおかげで主人公は敵を倒せた』

推しが死んだという事実より、その過程を大事にしたい。命を賭けるほどの価値がある大切なものを見つけた、その人生を肯定したいから。

そんな自分の言葉を思い出したのか、「よし」と気合を入れる声が画面の向こう側から聞こえてきた。

「玲くんはもう出てこないけど、なら私が玲くんを描けばいいだけだよね。そうと決まったら次のイベントの日程調べないと。ありがとう、じゃあね！」

慌ただしく切られた電話に香奈子は笑って、優の描くイラストを思い出した。彼女は推しが死んでも、自分で描けばいいと言えるしたたかなヲタクなのだ。


午前中最後の講義が終わって、学生たちは一斉に食堂へ向かい始める。優もその流れに乗って歩き始めれば、目立つ女子の集団が視界に入った。

巻かれた長い髪に、今はやりのビタミンカラーを取り入れた服。いわゆるカーストの上位にいるようなキラキラした女子たちと本来なら関わることもないはずだが、たった一人、優を見つけて手を振る影が見えた。

「優、一緒にお昼食べようよ」

ジーンズにパーカー。メイクだって適当で冴えない自分と彼女が、一番の友達だと言って信じる人間が何人いるだろうか。そんなことを考えて、優はくすりと笑った。

「もしかしてお弁当？　食堂行かない？」

「いや、行くけど。あっちの友達とは行かなくていいのかなって」

おしゃれな女子たちの集団を指させば、香奈子は「いいの」と笑った。赤いリップが白い肌に映えている。

「優と一緒なのが一番落ち着くから。あの子たちの前じゃオタクできないもん」

少し前まであんなに落ち込んでいたのが嘘のように、香奈子はいつもの明るさを取り戻していた。

流星の結婚相手が、昔から彼を支え続けてきた幼なじみの女性だと知ってようやく諦めがついたらしい。

「香奈子はもう大丈夫なの?」

「一応はね。吹っ切れたかと言われればまだ引きずってはいるけど」

だよね、と賛同の意を示したのは、自分もまだ推しの死を引きずり続けているからだった。推しの行動ひとつで一喜一憂するのは、悲しいオタクの性だろうか。

「そういえば、優にしては珍しく今日の服は青くないね。推し変でもした?」

「違うよ。喪中だから」

優の真っ黒な服装について尋ねれば返ってきた答えに、香奈子は一瞬「モチュウ」の意味を掴みかねてクエスチョンマークを浮かべる。数秒後、喪服を模しているのだと気が付いてようやく納得したように頷いた。同時に、真顔で推しの喪に服す友人がおかしくて吹き出してしまう。

「喪中って、何それ」

「香奈子だって推しの誕生日はお祝いするでしょ？　それと同じで、私は命日を偲ぶの。生まれた日か死んだ日かの違いじゃない」

青色のロゴマークが入った黒いパーカーが、彼女なりに推しの死に踏ん切りをつけるための勝負服なのだろう。

「ふふ」

「どうしたの？」

「いや、優といると飽きないなあと思って」

アニメが好きなヲタクと言えば、どちらかといえば暗くてじめじめしていて、あまり関わりたくない人種だと考えていた。そのはずが優は、眩しいほどにエネルギッシュで好きなものへの情熱を惜しまない。その姿勢に尊敬すら覚える。

「私も、香奈子といると退屈しないな」

「ほんと？」

「推しのいる次元は違うけど、そこにかける愛の重さは同じだからね」

実際に会えるとか会えないとか。結婚したり解散したり死んだりしないとか。そんな違いはあれど、推しは推し。そして彼らを応援する自分たちも、同じオタクだ。

「ねえ、私次空きコマなんだけど、大学の外に食べに行かない？　行ってみたいパンケーキ屋さんがあるんだよね」

「お洒落なカフェとか、場違いな感じがして苦手なんだけど」

「色んな色のパンケーキがあるんだって。もちろん青もあるよ」

「行く」

了

4　下ケ谷　ひろし（しもがや　ひろし）

『四季一期五感』

下ヶ谷　ひろし

春、嗅覚

氷点下前後のまとわりつくような寒さと、湿ったドカ雪が降り終わったあと、寒気の切れ目で街は打って変わって春の陽気に包まれた。狭いベランダに顔を出してみると、あちこちで雪はそれなりに積もっているのに、肌から染み入るような昨日までの寒さは嘘のように消えている。既に高く登った太陽は容赦なく融雪を進め、雨どいや排水溝からは忙しない水音が響いている。眩しさに目をやられながら、寝巻き姿のままスマホで気温を見ると、なんと十五度。いつまでも寝ているわけにはいかない、という淡い強迫観念に追い立てられ、薄暗い部屋で歯磨き、洗顔、最低限の化粧、着替え等々、三十分ほどで支度を整え、玄関を出た。

迷った末に冬物のコートを着たが、これは正解だった。暖かいとはいえ、中の春物シャツの防御力はちょっと心許ない。そして、普段なら気分を上げるために香水を少しだけ使うところだが、今日はつけずに出たのも正解だった。というのも、私はこの季節特有の香りが何より好きなのだ。

肺の中の二酸化炭素を出し切るように長く息を吐いてから、今度はゆっくりと、深く、吸い込む。これまで冬の冷たさによって遮断されていた様々な香りが一気に花開いたようだ。ここが郊外とはいえ、空気の根底には都市らしい埃っぽさがある。ただ、雪解けを感じて微生物たちが蠢き出したのだろうか、どこからともなく土のような、あるいは堆肥だろうか、生命の営みを感じさせる香りがふわりと漂う。花々が放つ甘く湿った春本番の香りが、どこもかしこにも広がるにはまだ日があるだろう。でも、今はそれを予感させるこの香りだけでいい。

さて、なるべく日向を行きながら、ちょっと歩いたところの公園でも目指そうか。

梅雨、触覚

親戚の法事のため、久々に実家へ帰った。早めの晩御飯を食べてから、ぐるりと家の周りを散歩しようと思い立ち、つっかけで外に出た。

夕暮れはとうに過ぎている。山間の農村は、まるで夜という名の暗く、濃い、藍色に透き通った液体の底に沈んでしまったかのような雰囲気を湛えている。遠ざかる残光で空の西側だけが薄青に染まっているが、今にそれも東から迫る星空に追いやられることだろう。

梅雨に雨がまともに降らないような年が続いているが、この季節、この時間の空気感は昔とそう変わらないような気がした。水田にわずかな波が立ち、規則正しく並んだ短い稲苗がかすかに震える。通り抜けるささやかな風が頬を撫でると、先ほどまで付き合いで飲んでいた酒の火照りをおさめるどころか、じっとりとかいていた汗を冷やし、礼服の上着を置いてきたことをちょっと後悔するほどの肌寒さだ。

気温のためだけでなく、水を張った田のせいか、六月の空気そのものがそうなのか、ひんやりとした湿気が肌を冷ます。ココココココ、グワグワグワ、とそちらこちらで鳴くカエルの声が、宵の大気に飽和した水分を一層感じさせる。

本当にまるで、両手で掬ったら飲めてしまいそうな密度感だ。なんなら酒よりよっぽど美味そうじゃないか、などと思い、ちょっとした遊び心で、ポケットから手を出し、両手でお椀を作って、そこに冷たい空気が溜まる様を妄想した。そして、溢れないようにゆっくりと口を近づけ、啜る。

当然、ただの空気だ。頭の中で描いた甘美な藍の液体などそこにはなく、口をすぼめて短く息を吸っただけに終わった。きっと酒のせいだ。急に気恥ずかしくなり、そのまま顔を両手で覆った。血の通う手のひらは、宵に冷まされてもなお、温かかった。

サンダルで畦道を歩いたせいで、靴下までしっとり濡れてしまった。

しかし酔い覚ましには、ちょうど良い散歩になった。

夏、味覚

ここではない。そんな、とても漠然とした所在のなさを抱いたままこの三十余年を生きてきた。付き合う人。職場。住む街。大きな不満はないのに、いつもどこかで、自分の居場所がここととは違う所にあるという思いが付き纏う。夢想がちな少年時代がこんな感覚を植え付けてしまったのだろうか。ただはっきりしているのは、夏にその浮遊感が一際、強くなることだ。蝉の声。街角に浮かぶ陽炎。緑深い山。せせらぐ清流。トウモロコシ畑、あるいはヒマワリ畑。釣り船が並ぶ入江の港。小説か映画か、アニメかゲームか定かではないが、これまで刷り込まれてきた「夏」のイメージが、体感している季節と今いる場所を否定してくる。

築四十年の古臭い中古マンションで荷解きする手が止まり、しばらく呆然としていたことに気がついた。引っ越しでここ数日休む暇がなかったが、こういう疲れ切ったときは妄想癖が余計に酷くなる。

目眩を感じながら立ち上がり、一足先に設置していた冷蔵庫を開ける。中身はほとんどないが、扉のところには休憩用に入れていたメロンソーダの瓶が三本。そのひとつを取り出し、王冠を外した。薄緑の液体が放つ添加物のわざとらしい酸味と甘味が鼻腔をくすぐる。みるみる汗をかく瓶の冷たさが、朝からの作業続きで熱を持った手のひらに刺さる。一口飲むと、鉤括弧で括りたくなるような「メロン」の風味が喉を貫いた。舌に残る炭酸が、淡い空想をパチパチと弾き飛ばす。

昭和風の内装が目立つ室内を一望してから、眩しく光る広めのベランダに目をやった。唇を舐めたら、甘酸っぱさに混じって汗のしょっぱさが口に広がった。これも存在しないノスタルジーの風味。でも、この一瞬は少しだけ、しっくり来るような気がした。

秋、視覚

虹は秋のもの。そう強く印象付けられたのは随分昔、学生時代の旅行がきっかけだ。鈍行を乗り継いで東京から日本海まで行くという大雑把な行程。計画性など微塵もない、そんな旅だ。天気予報にさえ注意を払っていなかったせいで、出発の日はとても行楽日和とは呼べないような長雨が降りしきっていた。都心を走る間、電車は濡れた傘と通勤客でいっぱいだったが、進むほどに人は減り、乗り換えの度に景色は郊外、地方、田舎へと転じた。

雨模様はこの際仕方がないと早々に諦め、本を読んだり、濡れた車窓からの景色を眺めたりして過ごしていたが、越後山脈に差し掛かった辺りで雰囲気が変わった。雨雲が途切れ途切れとなり、雲間から差した午後の太陽が車窓の向こうに広がる山々の見事な紅葉を照らし出したのだ。

その時、一つ予感がした。未だまばらに降る雨と背後からの光。或いはこの条件が揃えば、なかなかの虹が立つかもしれない。せっかくだからと、固い窓を開けて外を覗く。冷たい空気が水滴と共に顔に吹きかかった。

程なくして視界の端に淡い色彩が滲んだ。並行して走る川の辺りだ。紫、藍、青、緑、黄、橙、赤から為る光の弧。みるみる鮮やかに浮かび立つ、全体像が見えないほどに聳えるアーチ。その無機質な色、その巨大さが、他一切の風景をかき消し、視線を奪った。予想を遥かに上回る規模で出現した光景に、心臓が早鐘の如く脈打つのを感じた。

随分長い間見ていた気もするが、時間にすれば数分もなかったか。実を言うと、あの旅についての思い出はそのわずかな時間の他にはほとんど残っていない。秋と虹とを結びつける映像記憶ばかりが、明瞭な色合いで視野に焼き付いている。

一つだけ残念なのは、それ以来、秋にあれほど鮮烈な虹と巡り会えたことが、ただの一度もないことだ。

冬、聴覚

雪が降る夜に、必ず行うことがある。ひと冬に一度の、小さなマイルール。
天気予報では、雪だるまマークが日本地図を北から南まで乗っ取っている。計画の実行にはもってこいの夜だ。なにせこの街ではそんなに雪が降らないので、こういう貴重なタイミングは逃せない。パパとママが寝静まった頃合いを見て、息を潜めながら外出の準備をする。寒くないように、毛糸の帽子、セーター、厚手の靴下を身につけて、フード付きのダウンコート、防水ズボンまで重ね着する。

朝方から降り続いている雪はすっかり街を覆ってしまった。理科で「雪は音を吸う」と教わったけど、家の中にいると本当に、普段は聞こえるような車の音とか、隣の家の犬の鳴き声とかが全くしない。代わりにクローゼットの開け閉めや衣擦れの音がやけに大きく聞こえて、着替えのせいでパパとママを起こしちゃうんじゃないかとヒヤヒヤした。

玄関の引き戸はガラガラと音が大きいので、出入りに使うのは勝手口。長靴を履いてからそっとノブを回し、扉を開けると、冷気と共に幾つもの雪片が舞い込んだ。暖房に慣れた顔を刺すような寒さだけど、今はそれが気持ちいい。もう足首くらいまで積もっている雪を踏むと、ギュッと圧縮される音がする。片栗粉を握ると似たような音がするといつも思うんだけど、友達から同意を得られたことは一回もない。でも、今は私だけの時間だから、それが正解。

家の前に立ち、街に耳を傾ける。近くの大通りは、この時間でもたまに車が通る。いつもならそのエンジン音やタイヤがアスファルトを踏む音が大きく響くのだけど、それがまるで羽毛布団に包まれたかのようにくぐもる。

さらに耳を澄ませると、囁くような音が聞こえてくる。すぐ近くで、サラサラ。カサカサ。ナイロン製のフードに雪が当たる音。遠くから微かに、パキ。ボサ、バサ。重みに耐えかねた枝が折れ、雪の塊と一緒に落ちる音。そうして神経を研ぎ澄ませていると、風に吹かれて雪の結晶同士がぶつかる音さえ聞こえてくるような気がしてくる。

この静けさ。この賑やかさ。この夜の冒険は、それを味わう一人旅。住宅地の道は少ない街灯に照らされ、動くものは天から落ちる雪ばかり。その中を、足跡のない白を踏み締め、踏み締め、歩きだす。

了

5　杉村　修（すぎむら　おさむ）

『世界は今二人だけのもの』

杉村　修

ああ、私は死ぬのか。私の人生はどうだっただろう。

悔いはあるか。言い残したいことはあるか。

あいつは元気だろうか。息子や孫は。ふふ、すこし静かにするか。


ここは地区の公民館の広間。

「今年はあるんだな」

「あー花火大会か」

「てっきりコロナで今年も中止になったと思ってたよ」

集落の座談会でそんなことが話されていた。

私は最近この町に引っ越してきた。

近所付き合いは苦手だが、問題なくやっている。

今は今年の祭りについて話し合われていた。

どこの地区も軒並み祭りは中止。

このコロナ禍の中でやるところはあまりなかったが、私が住む地区では住民との話し合いの末、結局は開催することになった。

「雄二さん」

「はい」

「これから誠一郎さんのところに広報をもっていくのですが一緒にどうですか」

「あ、わかりました」

スミレさんが私に話しかけてくる。

東京の大学を卒業し、私はすぐにこの町にやってきた。理由はスキー場だった。スノーボードやスキーが好きで、この町で暮らし始めたのだ。

今の季節は夏。家と土地を借りて農業をしている。ただ農業だけでは食べてはいけないので、町の広告を作ったり、動画配信やWEB上で漫画を描いたりすることによって収益を得ていた。

もちろん独身。あいにくだがいい人はいない。

スミレさんの軽自動車に乗り込んだ。

「御秋湖の花火も今年はやるようですよ」

「そうなんですね」

「興味あります？」

私が無愛想だったのか、スミレさんは半笑いした。

「ええ、興味ありますよ」

　この土地に来たときはコロナで、全てが自粛の毎日だった。

　それは都会だけでなく、もちろんこの町でもだった。

「着きました」


　立派な木材で建てられた大きな家だ。

「それじゃあ、行きますか」

　車から降り、玄関に向かう。

　そして呼び鈴を押した。

　ガラガラ。立派な引き戸が開いた。

「はい」

　中から出てきたのは、私と同い年くらいであろう女性だった。

「こんにちは、ショウカさん」

「どうもです、スミレさん。この人は？」

「ほら、あの前に話した漫画家さんですよ」

「あ〜！」

　そう、これが私とショウカの初めての出会いだった。

「こんにちは」

「あ、初めまして」

彼女は恥ずかしそうだった。

この頃からだろうか。彼女が公民館で開かれる座談会に顔を見せに来るようになったのは。


七月、公民館の調理場。

「雄二さん」

「どうしたんですか」

私はお茶碗を洗い、彼女は後ろで掃除をしていた。

「今度の花火大会、二人で行きませんか？」

「えっ」

私の思考は停止してしまった。

これが私たちの一回目の花火大会だった。

私は知らなかった。彼女の家の近くから花火が見えることを。

花火の前日は晴れて、夜は星が綺麗に輝いていた。

そして、この日も。

一応せっかくの祭りだったので、あらかじめ早めに出店に行き、焼きそばやお好み焼きを買っていた。

そういえば彼女は、お面を欲しがっていた。

どうやら好きなアニメキャラのお面だったらしい。二十歳も過ぎてとは思ったが、私も人のことは言えなかった。

なぜならば私自身、オタクの生活についてのエッセイ漫画を描いていたからだ。

「ねえ、雄二さん」

「どうしました」

「今年の冬も花火見に行きません?」

「いいですね。農場のですか?」

「はい。農場の雪まつり」

この地区からあまり離れていないところに大きな農場があった。そこでは毎年冬に雪まつりを開催しており、夜には花火が打ちあがる。きっと綺麗な花火だろうと思った。

そうだ。

「ショウカさん、はいこれ」

「なんですかこれ?」

「石を加工したんです」

「綺麗……」

それはエメラルドの原石をアクセサリー工房で加工してもらったものだった。数ミリくらいの大きさのものだ。

「ああ、石っこ賢さん？」

「そう」

宮沢賢治は子供のころから川で気に入った石を拾うことが多く、コレクションしていたと聞く。

「ありがとう。石っこ雄ちゃん」

「なんで、ちゃん？」

「うーん。かわいいからですかね」

彼女はくすくすと小刻みに肩を揺らしながら笑っていた。

「あっ、始まりましたよ！」

花火を見る彼女の横顔は素敵だった。


夏が終わり秋になった。

米農家が稼ぐ季節だ。

私とショウカは恋人になっていた。

ショウカの父親は厳格な人間だったが私には優しかった。

どうやらショウカは昔から男勝りで、結婚もできないと思われていたらしい。

それにこのコロナ禍だ。結婚するにはあまりにも不安な時代だった。

「今年の刈入れも終わりだね」

「ありがとうショウカ、コンバインを貸してくれて」

いつの間にか私たちは、遠慮なしで話すようになっていた。

「そういうことはお父さんに言ってよ」

「そうだね」

初めての米農家としての実績は十分なものだった。

このことをＷＥＢ漫画として描くと、人気も集めた。

それからショウカも漫画を描き始めることになった。

元は美術部だった彼女はどんどん上達していった。絵の才能もだが機材の使い方もだ。

私たちは楽しかった。


それから冬になる。

岩手山に隣接するスキー場で期間アルバイトを始めた。

主に私の仕事はレンタル品の整備や貸し出しの受付だった。

最初は迷っていたが一週間もやっているとすっかり慣れていた。

「花火大会の日は休みたいんですが」

「うーん難しいな」

当たり前だ。なんていってもかき入れ時だったからだ。

「お願いします！」

「うーんわかった！　その代わり年末は頼むよ」

「はい！」

スキーリゾートの従業員であり、先輩でもある富永さんは私のために時間を作ってくれた。

今年二度目の花火。冬の初めての花火。


雪まつり当日。

「それじゃあ。行こうか」

「はーい」

ショウカと私は雪まつりへと出かけた。

数日間で何十万人も集まる雪まつりだ。

彼女は大学生以来と言っていた。

午前中から車を走らせるがとても渋滞していた。

予想はしていたがこれほどとは。

「トイレ近いかも」

「はあ？」

私のその一言にショウカは呆れていた。

長い時間をかけて農場の第三駐車場に車を止めると、車から出て息を吸う。

吐いた息は白く、上を見上げると小さな雪も舞っていた。

「行こ」

「ああ」

入場すると待っていたのは大きな雪像と、滑り台だった。

「すごい！　すごい！」

地元民のショウカは騒ぐ。

おいおい、と思ったが毎年規模が違うらしく、今年は雪が多く降ったことから規模も大きいと言っていた。

まれに雪が降らない時期もあったという。

「あ！　迷路だ」

彼女はうずうずした表情を私に向けてくる。

「いいよ。行こう」

「やった」

　まるで子どものように楽しそうだった。

「わたし、普段はこんな表情しないよ」

「わかってる」

「ほんと？」

「ああ」

「じゃあ思う存分楽しんじゃおう」

　それから夜まではあっという間だった。

　かまくらでジンギスカンを食べ、雪像も見た。日が傾くと今度はイルミネーションが光り出す。

　持ってきたカメラで写真を撮って、ブログもその場で更新した。

「ねえ」

「そろそろ花火だな」

「これから何度見るんだろうね」

「何度だって見よう」

「ほんと？」

「ああ」

「これからも?」

「ああ」

すると地面から光が溢れ出て来る。

「愛してますよ……『おじいさん』」

「ショウカ……これからはずっと一緒だ」

これからは、ずっと。

私たちは手を握り合う。そして、人生を彩る最期の花火が打ちあがった。

了

『雪の名画』

杉村　修

峠の道を下っていると街灯が輝いていた。

寒空の下。雪が降り始めていた。時刻は午後五時。この道をあの詩人も歩いたのだなと思うと、感慨深い。

「こんばんは」

振り返ると、灰色のコートを着た小学生くらいの女の子がいた。

「エナ」

それは少女の名前だった。

「今日は早いのね」

と彼女は言った。

彼女はもうこの世界にはいない。だから、この世界は「私」の世界ではない。

「あなたは、なぜ生きているの」

私は、私は。

私の頬を冷たい風が吹き抜ける。目を閉じた。もう一度開いたとき、そこにはもう彼女はいなかった。

この世界には私しかいない。この星には私しかいない。
悲しくはなかった。寂しくはなかった。
だから私はここにいる。
私はまた歩き始める。光が雪へと変わる。私は空を見上げた。
星々が瞬くように輝いていた。
だから、怖くはない。寂しくはない。
人も増えてきた。だけどそれは人ではない影なのだ。
私は世界から追い出された。世界はきっと私を恨んだのだろう。
時間がないこの世界に追いやったのだから。
だけど、私は恨んでいない。
世界だけはここにあるのだから。

了

『色』

杉村　修

私が歩く道には街灯が灯っている
青い灯
赤い灯
黄色い灯
緑の灯
白い灯
それは全て人の感情
あれ……
あと一つ街灯があるはずなんだけど……
いったいどこにあるのだろう
ああ、そうか
この街が黒い街灯なんだ

了

6　マキロン（MAKIRONSAN）

『あの夏のヒーロー』

マキロン（MAKIRONSAN）

大人になっていくつかの恋愛をして、毎度頼りにされる事に自己を見出だしては失敗している。今も十歳の夏、ヒーローになれなかった私の埋め合わせに必死だ。


「私この間、嫌いって言われたんです」

「彼氏？」

「いや、もう別れました」

「最高過ぎる。おかわり頼む？」

「はい……」


半笑いでテーブルの端のタッチパネルに触れ、私のおかわりを注文してくれているのは職場の先輩のヨーコさん。趣味も性格も違うけど、出身校が同じだった事をきっかけに仲良くなり、たまにこうして酒を酌み交わす。大概は普段出せない愚痴や悩みを聞いてもらっている。

　空っぽのグラスをほぼ逆さまにして最後の一滴を口に含む。

「ヨーコさん、私が小学校四年生の時、転校してきた男の子が居たんですけど」

「わお、もしかして……ベランダから落ちた子？」

「そうなんですよ～」

　項垂れてテーブルにおでこをつけると同時に、店員さんが新しいビールを持ってきた。ヨーコさんが先ほどのグラスを「お願いします」と渡す。私が四年生だった時、ヨーコさんは六年生だったらしい。

「で、その転校生がどうしたの」

「この間会ったんです」

「どこで？」

「ライブハウス」

「近くの？」

「はい」

　丁度今いる居酒屋の一本先の通りに、二百人ほどのキャパシティのライブハウスがある。そこで行われたアマチュアミュージシャンのライブを見に行ったのだ。

「あんたそんなの好きだったんだ」

「いや、彼氏のバンドが出るからって誘われて」

「本当に面白い」

「出演者が五組いて、ジャンルはバラバラ。学園祭のライブみたいな感じで……でも四番目に出たマサヤ君だけ凄かったんです」

「歌ってたんだ？」

「はい」

　小学四年生の時に転校してきたマサヤ君は病弱で性格も大人しく、クラスに最後まで馴染めなかった。歌っているのが彼だと気付いた瞬間、息が止まりそうになった。

「マサヤ君の歌のあと彼氏のバンドが出て来て、お客さんも前の方に集まって、なんか多分盛り上がってたんですけど、でもこいつ私より飲むし食うのに外食割り勘なんだよなーって思ったら冷めちゃって別れました」

「おめでとう。そもそも何で付き合ってるのか疑問な男だったよ」

「ありがとうございます。今日は祝杯っす」

　私たちはジョッキをいつもより少し高く上げて乾杯した。

「彼氏のバンドを見ていられなくなって、外に出ようとした途中にマサヤ君がいて、話しかけてみたんです」

「うん」

「そしたら君の事嫌いだからもう見かけても話しかけないでって言われて」

「なんて話しかけたらそうなる？　詳しくどうぞ」

　私は少し考えて、状況を思い起こした。そしてまたテーブルに突っ伏して「ビール！」と宣言し、ヨーコさんがタッチパネルに触れた。


　あの頃マサヤ君はいじめられていたと思う。入退院を繰り返していたせいで勉強が遅れていたり、運動が苦手だったりした事を理由に、なんとなくクラスでは異質な扱いを受けていた。でも七月のある日、私は家の近くの小さな神社で彼と友達になったのだ。

　通学路に神社があった。鬱蒼とした林の間を突き抜ける石段の上に、木造の鳥居。古びたお社は小さな賽銭箱があるだけで、たまに掃除しに来るおじさんがいるだけの人気の無い場所だった。「おばけが出る」と近所の子ども達の間では昔から噂されていた。しまいには、神社が友達の家との分かれ道の後にあるものだから、私はいつも様子をうかがってから走って通り過ぎていた。

　しかしその日は、なぜか好奇心が勝った。ランドセルの肩ベルトを握り、恐る恐る階段を上っていく。十五段ほど上ったところで、図書室で読んだ「放課後一人で階段を上ると段数が増えている」という怖い話を思い出して、急に動けなくなった。

「ミズノさん？」

　上るか下りるか、そもそもこの階段は何段だったか……などと考えて固まっている私の名前を呼んだのはマサヤ君だった。突然の呼び掛けに肩をすぼめて、階段の終わりを見上げる。そこに立っていたマサヤ君はか細く、さながら幽霊の様だった。

「ここ、おばけが出るんでしょ？」

「う、うん」

「怖くないの？」

「べつに……家の近くだし」

マサヤ君からの問いかけにいちいち緊張しながら階段を上り、お社の前の開けた場所に辿り着いた。

「マサヤ君、今日早退したけど大丈夫？」

「うん、病院の日だったから。大丈夫だよ」

「家近い？」

「うん、近いよ」

「私も、近い」

「うん」

なんとなく小石を並べたり、小枝を拾っては折ったりしながら、私たちは賽銭箱の前に並んで座った。

「マサヤ君、よくここに来てるの？」

「たまに。クラスの人とか、ここには来ないみたいだし」

「怖くないの？」

「一人の部屋に入院したことあるし、おばけは怖くないかな」

「そうなんだ」

　なんだかとても大人に見えた。入院、転校。十歳の私にはマンガの主人公みたいに思えて、そんな彼とここで話している自分も少し特別に感じた。

「あのさ、私と友達にならない？」

　マサヤ君はこっちを向いて、きょとんと目を見開いた。

「いいよ、いいけど……」

　返事はくぐもり、遠くから車の走る音が聞こえたが、私はとてもわくわくしていた。

「いいけど、僕と友達になるといじめられるんじゃない？」

　予想していなかった言葉に、私の声は詰まった。「ああそうか、あれはいじめなんだ」と、ぼんやりしていた不穏が名称を持って突き付けられた。そして、ぽろぽろと涙が出てきた。その時はなぜかわからなかったが、おそらく怖かったのだと思う。それまで恐れていたおばけよりもずっと。

　マサヤ君はポケットティッシュを差し出しながら、「僕も友達になりたい」と言ってくれた。私はティッシュを一枚もらって「また遊ぼうね」と返し、二人でゆっくりと階段を下りて別れた。

「ん？　私、初恋エピソードを聞かされてるんだっけ？」

「ち、違います！　全然まったく本当にそんなんじゃないんです！」

肩肘を付いているヨーコさんに向かって、両手を振って否定した。本当にそんな可愛らしい話では無いのだ。

次の日の朝、教室にマサヤ君が入ってくるや否や、私は満面の笑みで挨拶をした。

「おはよう！」

クラス中がぎょっとしていたが、一番驚いていたのはマサヤ君だった。一瞬沈黙が訪れたが、

「お、おはよう……」と小さな声で返事をしてくれて、私は満足していた。思えばこの時から

少しずれていたのだ。

いじめの標的が私になるのに時間はかからなかった。休み時間一人ぼっちになって、体育の

授業でボールが回って来ることは無くなって、誰も一緒に帰ってくれなくなった。それでも私

は辛くなかった。間違った事はしていないという自信があった。

しかしマサヤ君はそもそも欠席や早退が多く、同じ時間を過ごす事はあまりなかった。神社

に行ってみても来ている様子は無く、そうしている内に私には物理的ないじめが始まっていた。

上履きに画鋲を入れられたり、階段で押されて数段転げ落ちたりもした。

さすがに怖くなった。みんな、マサヤ君の体が弱いことは理解していて、一線引いた嫌がらせに止まっていたのだ。


「あんた、そんなひどい事されてたの？」

すっかり冷めた手羽先の骨を取りながらヨーコさんが聞く。

「まあ、すごく短期間だったし」

「あんたが悪いとは思えないけど……」

「うーん。悪かったというか、偉そうだったんですかね、多分」


その日の帰り道は小雨が降っていて、夏だというのに少し肌寒かった。神社の階段に、傘を差したマサヤ君が立っていた。

「マサヤ君！」

と駆け寄ると、彼は深刻そうな顔で言った。

「ミズノさん、僕、君の事嫌いだから、もう話しかけないで」

それだけ言って彼は走って消えてしまった。取り残された私は呆然と立ち尽くし、ぽろぽろと泣いた。雨が強くなって来て、ぷるっと身体が震えたのをきっかけに、とぼとぼと家に帰った。悲しかった。

翌日は終業式で、明日からの夏休みにみんなそわそわと浮き足立っていた。朝からマサヤ君も来ていて、気になって何度も彼の方を見てしまったけれど、目が合うことは無かった。

体育館での式が終わって教室に戻って来た直後、女の子が喚いている声が聞こえた。

「わぁー！　マサヤが吐いてる！」

一気にざわつき始めて、人がサークル状に垣根を作った。中央には膝をついて口を抑えているマサヤ君がいた。「汚い」「気持ち悪い」「ねぇ、私の机に付いてない？」心無い言葉と視線が彼の小さな身体に刺さっていく。

「みんなの迷惑だから、マサヤはもう学校に来ない方がいいと思いまーす！」

好奇を含んだ一際大きな声でクラスのガキ大将が放ったその言葉に、私の何かが壊れた。牽制の言葉より、マサヤ君の介抱よりも先に、右手のこぶしがガキ大将の左頬に放たれた。

「お前ぇ！　なにすんだよ！」

私はすぐに反撃を喰らい、両肩を弾き飛ばされてしりもちをついた。立ち上がりながら咄嗟に近くの椅子を掴み上げたところで、また女子の叫び声が聞こえた。ハッとして叫び声の先を見る。

マサヤ君がベランダから落ちた。そのあとの記憶はぼんやりとしている。先生が来て、救急車が来て、家に帰って、夏休みになった。

夏休みが終わると、その出来事は更にうやむやになっていて、ただ先生が居ない時はベランダに出るのが禁止になった。それから卒業式まで、マサヤ君が教室に来る事は無く、もちろん話す事も無かった。


「あれって黒板消しの粉を叩きにベランダに出たんじゃなかった?」

「そういう事になってました。マサヤ君、自分で黒板消し持って飛び降りたみたいで」

「そうだったの……」

「でもそれから私へのいじめとか嫌がらせみたいなのは無くなって」

「そりゃ、自分がいじめたせいでそうなったって話にならないかみんな怯えてただろうね」

「私は、私のせいだと思ってます。追い詰めたのは私なんじゃないかって」

「うーん。残念だけどきっかけではあったのかもね。マサヤ君は割り切って静かに過ごしていたわけだし。でもそのままで幸せだったとは言えないと思う」

「私、ヒーローになった気でいたんです。か弱い彼の、特別な友達って。そういう自己顕示欲が滲み出て、私もいじめられたんだと思います」

「それで靴に画鋲を入れていい理由にはならないけどね」

「でも本当に、仲良くなりたかった気持ちは嘘じゃないし、私がもっと正しく強ければって思うんです。もっと上手に」

「女の子がヒーローで、自分がお姫様じゃマサヤ君も気分良くないんじゃない?」

「そんな、そんな事ですか？　もっと、もっとひどい事を私はしたんだと思います……うぅ」

　私はどんどんテーブルにおでこをめり込ませていった。

　頭を上げると、ヨーコさんは小さなハンドバッグからスマホを取り出して指先を滑らせていた。

「ヒット！　あったよ、マサヤ君の歌の動画」

　スマホの画面が私の眼前に付き出される。

　確かにそこにはマサヤ君が居た。

「見てみる？」

「いや！　今は無理です！　無理！」


　その後店を出た私たちは、更に二軒はしご酒をして、いいくらい酔っ払って帰路についた。

　一人になると、今日話した事が脳内をぐるぐる回って、酔いが覚めていくのを感じた。

　アパートの階段を上り、自室の鍵を開ける。つい先日までのさばって居た男の煙草の匂いがまだ残っている。気分が悪くなってシャワーを浴びた。

　伸びきったスウェットを来てベッドに座ると、ヨーコさんからメッセージが来ていた。「新曲だそうです」の一言と、マサヤ君の動画へ導くアドレスがあった。深呼吸をしてそっと再生ボタンを押す。
　優しいアコースティックギターのメロディが流れ出し、そっと歌声が始まる。

蝉の声はまるで魔方陣で
騒がしい夏からぼくらを分けた
湿った土に小石を並べたら
無くしていた心を見つけた

お日さまみたいな君に
少し見出だした希望
変われそうな明日がこんなに怖いものか

君は強くてヒーロー
触れたかったあこがれ
弱虫な僕の事なんて
忘れてしまってよ
あの日に戻れたら

今あの日に戻れたら
僕だって本当は君のヒーローになりたい

どんな気持ちになったらいいかわからなかった。私に向かって歌っている気がしたけど、思い込みかも知れない。ただ、本当は嫌われていないと思えて、涙が出た。


「ただいまー！」

「酒くっさ！　帰ってくんな！」

「ここは私の家じゃ！」

つい二ヶ月前、弟が上京してきた。親の反対を聞かず、アコースティックギターを背負ってうちに転がり込んできた。

「ミズノサキちゃんとデートしてきたよ」

弟の動きが止まる。

「誰、それ？」

「お前の初恋の女の子」

「違う！」

子どもみたいに不貞腐れている。

「会ったんでしょ？　なんで嫌いなんて言ったのよ。サキちゃん落ち込んで見てられなかったじゃない」

「酔っぱらいに話すことはない！」

「あんたね〜！」

　背中を向けて狭いキッチンに消えて行った弟は、ペットボトルの水を持って戻って来た。それを私に渡すとまた目を反らしながらぼそりと言った。

「僕がいるとあの子は笑えなくなっちゃうから。近付いちゃダメなんだ」

「くっさ。面倒くさ」

「うるさい！」

　あのか弱かった弟のマサヤがこんなに元気になったのは今でも奇跡だと思う。元居た学校でもいじめられていて、両親が離婚して母方の実家に行ってからは余計に元気が無かった。それでもあの夏の日、恥ずかしそうに「友達が出来た」と言って嬉しそうにしていたのをよく覚えている。ベランダから落ちた日、誰かのせいだと思った私は犯人探しをしようとしたが、マサヤに必死で止められた。今日ミズノサキから話を聞いた限り、マサヤはきっとミズノサキへのいじめを止める為に飛び降りたのだと思う。ミズノサキを守る為に、もう友達だと思われない為に、マサヤは卒業まで保健室登校を続けたのだ。

　今さら恋仲だとかは思わない。二人はただお互いの憧れを大事にし過ぎているのだろう。十

116

歳の夏に捕らわれて動けない二人の不器用なヒーローを、もう少し見守っていよう。

了

著者略歴

伊佐魁人

文芸サークル「一本桜の会」に所属する物書きの端くれ。制作の修行として主に短編小説を執筆。最近のお気に入りの作家はアントン・チェーホフ。

今和立

久慈市民文芸賞（一般の部）「アキのピアノ」優秀賞
岩手県民文芸作品集第５２集（児童文学）「ダミーネーム」芸術祭賞
≪書籍≫「グラタン家族」ツーワンライフ

北林紗季

盛岡第一高等学校文学研究部、岩手大学人文社会科学部フランス文学専攻後、海辺の小学校で事務として勤務中。
啄木・賢治のふるさと「岩手日報随筆賞」第１３回〜第１７回受賞。

下ヶ谷ひろし

１９８８年生まれ。岩手県南の田舎町で育つ。実家は農家。学生時代を東京で過ごし、現在は宮城県仙台市在住の会社員。

杉村修

雫石町の小説家・クトゥルフ神話作家。いわて震災小説２０２０で入選。
変格ミステリ作家クラブ。
近著「クトゥルフと夢の国」「幻想とクトゥルフの雫」「アポカリプスエッジ」

マキロン（MAKIRONSAN）

岩手県盛岡市出身の詩人、クリエイター。現在創作サークルParadoxの代表を務め、「お寺で納涼怪奇譚」「G019サミット」などのイベント運営に携わる。近著私家版写真詩集「そうしなければならないなら」

一本桜の会文芸誌～花風～

発行日　２０２４年５月１５日
著者　伊佐魁人　今和立　北林紗季　下ヶ谷ひろし　杉村修　マキロン
イラスト・デザイン　en_factory
印刷・発行　有限会社ツーワンライフ
〒　０２８ー３６２１
住所　岩手県紫波郡矢巾町広宮沢１０ー５１３ー１９
電話　０１９ー６３９ー８１２１